ALEXANDER HOFFMANN

BRILLANTER ABGANG

PLÖTZLICH REICH Hans Bäumler, ein seriöser Antiquitätenhändler aus Frankfurt am Main, steht unverschuldet vor der Pleite. Da überweist ihm seine Hausbank aus Versehen 200 Millionen Euro. Tonja, seine neue, feurige Freundin aus Kroatien, überredet ihn, das Geld schnell von seinem Konto verschwinden zu lassen und mit ihr vorerst in ihrem kroatischen Heimatdorf bei Zagreb unterzutauchen. In einer Nacht-und-Nebelaktion verlässt Bäumler Frankfurt. Die gelernte Bankerin Tonja zieht alle Register, um die 200 Millionen nicht nachvollziehbar und gewinnbringend anzulegen. Mit neuem Namen und neuem Gesicht landet Bäumler schließlich in einer großen Villa im noblen Seebad Opatija und führt ein Leben in Saus und Braus. Aber kann er Tonja wirklich vertrauen? Welche Geschäfte tätigt sie weltweit? Und dann die ständige Angst, dass die Bank hinter ihm her ist. Eines Tages meldet sich zu allem Überfluss die Mafia und will ihr Stück vom Kuchen haben. Von wegen reich und glücklich …

Alexander Hoffmann arbeitete lange als politischer Journalist für Qualitätszeitungen wie die »Frankfurter Rundschau« und die »Süddeutsche Zeitung«. Dabei wurde er mit dem Theodor-Wolff-Preis und dem Wächterpreis der deutschen Tagespresse ausgezeichnet. Er wechselte dann als Unternehmensberater in die internationale Wirtschaft und schrieb erfolgreiche Sachbücher zu Themen wie Zeitgeschichte, Wirtschaftsgeschichte und Medizin. Zu den belletristischen Veröffentlichungen zählen ein satirischer Roman, Krimis und Glossensammlungen. Heute ist er auch als Kolumnist und mit längeren Beiträgen für Tageszeitungen und Magazine aktiv. Hoffmann lebt in Wissembourg/Frankreich und Frankfurt am Main.

Personen und Handlung sind frei erfunden.
Ähnlichkeiten mit lebenden oder toten Personen
sind rein zufällig und nicht beabsichtigt.

1. Kapitel

Frankfurt am Main

Wozu überhaupt aufstehen? Dieser Tag würde noch trostloser werden als der gestrige. Und alles, was er vor sich sah, senkte sich schon jetzt wie eine Grabplatte über ihn. Er vergrub den Kopf noch einmal in sein Kissen, aber dort war kein Ausweg. Hans Bäumler quälte sich vorsichtig, um Tonja nicht zu wecken, aus dem Bett. In seinen mit Nashörnern bedruckten Shorts schlurfte er in die Küche. Wie aus einer anderen Zeit kamen sie ihm vor, die grellgelben Nashörner auf bordeauxrotem Satin, sie erinnerten ihn an die Tage, als alles noch gut gewesen war. Hans stellte den Kaffeeautomaten an, stapfte ins Arbeitszimmer und ließ den Rechner hochfahren. Donnerstag, 8.02 Uhr. Hans schaute auf den leuchtend roten Kreis, den er mit einem Marker auf den Kalender an der Wand gemalt hatte – in einer Woche war Schluss, dann musste er Insolvenz anmelden.

»Spiegel online« erschien als Startseite, doch die News dieser Welt interessierten ihn nicht. Er klickte sich mechanisch zu seinem Account bei der Concom-Bank. Müde scrollte er durch die letzten Kontenbewegungen. Erst gestern waren die 197,33 Euro für die letzte Gasrechnung nicht abgebucht worden, mangels Deckung. So wie manche Abbuchung in den vergangenen Monaten.

Hans loggte sich aus reiner Gewohnheit in das zweite Konto bei der Concom ein, das er noch gemeinsam mit Friedbert Durstewitz hatte. Es erschien in Sekundenschnelle auf dem Bildschirm. Über dieses Konto war so einiges gelaufen. Früher. Nun war schon lange nichts mehr los auf diesem Account, eigentlich führte Hans das Konto nur noch aus einer Art Anhänglichkeit. Sein Blick glitt nach oben, hin zum aktuellsten Posten. Er blinzelte, rieb sich die Augen, er schaute einmal, zweimal, schüttelte den Kopf, kam sich plötzlich wie in einem Wachtraum vor. Er ging in die Küche, goss sich – seine Hände zitterten – einen Kaffee ein und kehrte wie in Trance zurück vor den Bildschirm. Was er dort sah, wirkte wie ein monströser Witz.

Vor genau fünf Minuten hatte ihm die Concom-Bank 200 Millionen gutgeschrieben. Sein Blick flatterte über die elektronischen Ziffern. Keine Frage, irgendwer hatte ihm 200 Millionen überwiesen, genau genommen waren es exakt 200.101.657,22 Euro. Die Ziffern begannen vor seinen Augen zu tanzen. Er scrollte nach unten in der Maske, sah den Absender und las ihn sich laut vor: Phoenix Ltd. Nie gehört.

Er spürte zwei zarte Hände auf seinen Schultern, Tonja war ins Arbeitszimmer gekommen. Sie trug nur sein Oberhemd von gestern, sonst nichts. Sie schien noch halb zu schlafen.

»Musst du dich schon am Morgen quälen? Was soll denn drauf sein auf dem Konto?«, flüsterte sie und küsste ihn am Hals.

ALEXANDER HOFFMANN

BRILLANTER ABGANG

DER UNGLAUBLICHE COUP EINES ANTIQUITÄTENHÄNDLERS

GMEINER

Immer informiert

Spannung pur – mit unserem Newsletter informieren wir Sie regelmäßig über Wissenswertes aus unserer Bücherwelt.

Gefällt mir!

Facebook: @Gmeiner.Verlag
Instagram: @gmeinerverlag
Twitter: @GmeinerVerlag

MIX
Papier aus verantwortungsvollen Quellen
FSC® C014496

Besuchen Sie uns im Internet:
www.gmeiner-verlag.de

Im Ehnried 5, 88605 Meßkirch
Telefon 07575/2095-0
info@gmeiner-verlag.de

1. Auflage 2021

Lektorat: Christine Braun
Herstellung: Mirjam Hecht
Umschlaggestaltung: U.O.R.G. Lutz Eberle, Stuttgart
Illustrationen von © Lutz Eberle und © Stephi / stock.adobe.com
Druck: GGP Media GmbH, Pößneck
Printed in Germany
ISBN 978-3-8392-0005-6

»Lies mir doch bitte die Zahl hier ganz oben beim Zahlungseingang vor.«

Sie tauschten die Plätze.

Tonja kniff die grünen Augen zusammen. Lange musterte sie den Bildschirm, murmelte leise vor sich hin. Dann pfiff sie durch die Zähne: »Wahrscheinlich bist du seit heute früh eine mehr als gute Partie.« Tonja sprang auf, warf ihre füllige schwarze Mähne zurück und umarmte Hans. »Wir sind reich. REICH!«

»Aber ich kenne keine Gesellschaft namens Phoenix. Ich muss bei der Concom nachfragen. Am besten persönlich. Gleich wenn die Filiale öffnet, gehe ich rüber«, sagte Hans.

Sie zog ihn am Ohrläppchen wie ein begriffsstutziges Kind. »Bist du verrückt?«

»Zu verrückt, um es zu verstehen.«

»Versteh, was du willst. Es kann nur ein Fehler der Concom-Bank sein. Ich vermute, die haben dir eine Zahlung gutgeschrieben, die für jemand anderen gedacht war. Ein kapitaler Fehler mit einer Riesensumme. Das kommt unter Milliarden Buchungen nur alle paar Jahre mal vor. Ein Zahlendreher, eine falsch eingescannte Ziffer und schon ist es passiert. *Fat finger error,* ein Wurstfinger-Fehler, heißt das in der Branche. Die Zeitungen sind dann voll davon. Ach, Bäumler.« Wenn Tonja ihm das Leben erklärte, nannte sie ihn gerne mit Nachnamen.

Hans ging wieder in die Küche, ließ einen zweiten Kaffee in seine Tasse tröpfeln, seine Hände zitterten noch immer. Er war froh, ihr nicht in die Augen schauen zu müssen, und rief ihr von der Küche aus zu:

»Na, da trifft es sich ja gut, dass du aus dem Bankwesen kommst.« Er schleppte sich zurück ins Arbeitszimmer, umarmte sie von hinten und flüsterte: »Nur dass 200 Millionen etwas zu viel sind für meine Fantasie. Außerdem gehört mir das Geld gar nicht.«

Tonja tippte mit einem Zeigefinger auf den Bildschirm. »Doch, doch. Immerhin steht hier schwarz auf weiß geschrieben, dass du nicht mehr pleite bist.« Sie stand auf und stemmte ihre Hände in die Hüften. »Haben wir die Bank gezwungen, uns das Geld gutzuschreiben? Nein! Wir haben uns nicht aufgedrängt. Sieh es einfach als nettes Angebot.«

Hans brauchte frische Luft und öffnete ein Fenster zur Straße hin. Aber es half nichts. Die Augusthitze war längst auf dem Weg nach oben. Ihm wurde schwindlig.

Tonja trat an ihn heran, ihr warmer Atem strich über seinen Nacken. Sie gurrte: »Lass uns die Millionen als Leihgabe betrachten, als Überbrückung in großer Not. Die kriegen es zurück, irgendwann. Wenn wir was draus gemacht haben. Wir lassen das Geld arbeiten. Selbst wenn die Concom später Zinsen haben will, erzielen wir noch ein kräftiges Plus obendrauf.«

Hans ließ sich auf der Récamiere in seinem Arbeitszimmer nieder, seiner Lieblingsruhestätte. Er war wie gelähmt, nun zitterten auch seine Knie. Er sagte matt: »Das habe ich noch nie erlebt, das geht doch alles gar nicht.«

Tonja ging in die Hocke vor ihm, das Oberhemd klaffte auf und ihre Haut duftete nach Pfirsich. »Versuchen wir es mal ganz rational. Denk an deine fünf besten Freunde.«

»Wozu?«

»Was würden die tun, wenn sie zwei Millionen auf ihrem Konto vorfänden, die ihnen nicht gehören?«

Hans überlegte. »Zurückgeben, wenn auch mit einem gewissen Bedauern.«

»Richtig. Und bei 20 Millionen?«

»Das Bedauern wäre intensiver.«

»Wieder richtig. Und bei 200 Millionen?«

»Da kämen alle fünf ins Grübeln.«

Tonja erwiderte: »Wenn sie Mumm haben, würden sie sagen: ›Jetzt oder nie.‹«

2. Kapitel

Frankfurt am Main

Hans stand vor dem Bankomaten an der Bockenheimer Landstraße, keine 100 Meter von seiner Wohnung in der Myliusstraße entfernt. Eine feine Wohnstraße im feinen Frankfurter Westend. Doch trotz der guten Adresse waren seine Dialoge mit dem Automaten zuletzt ziemlich unfruchtbar gewesen. Vorsichtig tippte Hans eine herzliche Bitte um Auszahlung von 1.000 Euro ein. Es knarzte und schabte, dann hatte das Gerät seinen Wunsch in handliche Scheine verwandelt. Sein Herz entkrampfte. Er ließ die angehaltene Luft aus den Lungen entweichen. Auf seinem Konto war tatsächlich Geld.

Tonja hatte ihn zum Geld holen geschickt. »Auf keinen Fall zur Bank«, hatte sie gesagt. »Wir sollten selbst prüfen, was Sache ist. Außerdem muss ich in Ruhe telefonieren.«

Als er zurückkehrte, telefonierte sie immer noch. Hans wunderte sich, denn dieses Handy hatte er noch nie gesehen.

Sie legte es kurz beiseite und flüsterte: »Ein Prepaid-Handy, habe ich immer dabei, für alle Fälle. Heute ist es so weit, keiner soll meine Nummer zurückverfolgen können.« Tonja hatte sich inzwischen angekleidet, sie trug Jeans und eine Bluse. Es stand ihr gut, wie alles, was sie anzog.

Sie hatten sich erst im Frühling – es war kaum vier Monate her – in einer Sachsenhäuser Apfelweinkneipe kennengelernt. Bei Hans hatte es sofort gefunkt, bei Tonja beim dritten Treffen. Kurz darauf begann sie, Höschen um Höschen bei ihm einzuziehen. Es ging rasch mit ihren wenigen Habseligkeiten. Eine wilde Zeit, zu der auch Durstewitz gehörte. Zumindest bis der sich mit den vier Millionen vom gemeinsamen Konto aus dem Staub gemacht hatte.

Hans riss sich aus den gedanklichen Abschweifungen und fixierte Tonja. Sie führte ein wohl wütendes Gespräch auf Kroatisch. Hans stand stumm in der Ecke des Arbeitszimmers, er verstand kein Wort. Eine seltsame Sprache. Tonja verfiel jäh in einen anschwellenden Singsang sirrender Vokale, dann kam ein Sturzbach ratternder Konsonanten – *mršav, brzo, krk, trg*. Hans kam es vor, als ob sie mit einem Maschinengewehr auf Kokosnüsse schoss.

Tonja hatte sich die Haare zu einem Zopf gebunden, die Haut über ihren hohen Wangenknochen glühte. Sie war konzentriert, wovon tiefe Querfalten über den hochgezogenen Brauen zeugten. Vor ihr auf dem Bildschirm die magischen 200 Millionen. Das Maschinengewehr schoss weiter, und Hans schweifte erneut ab.

Was sie wohl fand an ihm, diesem Verlierer? Er sah noch ziemlich gut aus mit seinen 40 Jahren, aber außer der Hülle hatte er im Moment – ein Moment, der sich hinziehen konnte – nichts zu bieten. Sie war bei ihm geblieben, als er ihr das Ausmaß der Katastrophe unterbreitet hatte. »Was hat das mit uns zu tun?«, hatte sie gemeint und dass vier Millionen Verlust sowieso derart unfassbar sei, dass sie sich lieber an ihm festhalte.

Endlich legte Tonja auf. Hans winkte mit den Banknoten, ihre Augen funkelten.

»Na also, wir sind wieder flüssig.«

»Mit wem hast du gesprochen? Das klang nach einem Streit.«

Tonja lachte. »Ach was, so reden wir immer. Das war Drago, ein ehemaliger Kommilitone. Arbeitet bei der Zagorska Banka in Zagreb. Praktischerweise genau dort, wo wir ihn brauchen.«

»Für was brauchen wir einen Banker in Zagreb?«

»Bäumler, wir können doch nicht zu deiner Concom gehen und deinen Kundenberater höflich bitten, uns 200 Millionen in einen Überseekoffer zu füllen.«

»Erstens«, wandte Hans ein, »entscheide ich, und ich habe noch nichts entschieden, zweitens ist es mein Geld.«

»*Dein* Geld – haha.«

»Zumindest eine Zahl, die viel zu lang ist, um nur kurz drüber nachzudenken.«

Tonja wedelte mit den Händen. »Egal wie viel, es muss runter von deinem Konto, und zwar *jetzt*. Ich transferiere es nach Zagreb, dann sehen wir weiter. Drago wird uns dabei helfen.«

»Können wir das nicht in Ruhe diskutieren?«

»Nein, jeden Augenblick kann die Concom ihren Irrtum bemerken und das Konto blockieren. Es geht um jede Minute.«

Hans hasste spontane Entscheidungen, in seinem Kopf brodelte es immer noch, ihm war übel. Zaghaft meinte er: »Hierbleiben können wir dann wahrscheinlich auch nicht?«

Sie schüttelte den Kopf. »Du nicht. Du musst erst mal weg aus Deutschland, dorthin, wo dich niemand findet. Aber ich fahre mit, ist das nichts?« Sie strahlte ihn an.

Hilflos breitete er die Arme aus. »Ich bin in Frankfurt geboren, ich habe hier mein Geschäft, die schöne Wohnung, meine Freunde, ich mag das alles hier.«

Tonja schnaubte: »Ein Deutscher! Immer auf Nummer sicher gehen. Schon bei der Abiturfeier planen, wo man die Rente verzehrt. Meinetwegen, dann mache es dir gemütlich in deinem Leben als Pleitier. Dein Geschäft wird sich die Bank greifen, und auch die Wohnung ist bald weg. Wann hast du denn das letzte Mal Miete gezahlt?«

Hans sackte in sich zusammen und bettete sich auf die Récamiere. Mit der Miete war er drei Monate im Rückstand, nach einer Insolvenz erwarteten ihn lange, graue Jahre. Über ihm schwebte erneut die Grabplatte. Ohnmächtige Wut auf Durstewitz kam hoch, mit dem er so lange so gut kooperiert hatte, auch dann noch, als die Geschäfte schwieriger wurden. Hans war für das Schöne zuständig gewesen und Durstewitz für die Finanzen. Der Vier-Millionen-Deal sollte ihr Befreiungsschlag werden. Doch befreit hatte sich nur Durstewitz. In Hans' Innerem hallte plötzlich eine Melodie: »Jetzt oder nie«.

Er richtete sich auf und lockerte demonstrativ seine Armmuskeln. »Na dann, leg los! Mach, was gut für dich ist. Das wird auch gut für mich sein.«

Tonja umarmte ihn. »Ich wusste es. Du bist der, den ich meinen Helden nennen will! Und bitte her mit deinem Smartphone.«

Mit ihrem Handy rief sie erneut Drago an und machte sich Notizen. Anschließend nahm sie das Smartphone und loggte sich in das Konto von Hans ein.

Der streichelte sein Lieblingsmöbel und überließ seine Gedanken dem Leerlauf.

Nach wenigen Minuten klatschte Tonja in die Hände. »Es ist vollbracht.«

Hans flüsterte: »Will heißen, von meinem Konto verschwunden?«

»Sagen wir so, ich habe dem Geld den Befehl gegeben, über die Alpen Richtung Südosten zu fliegen. Bis morgen früh sollten wir die Luft anhalten.«

3. Kapitel

Frankfurt am Main

Früh um 9 Uhr war der Held in einem Kaufhaus an der Hauptwache gewesen. Auf Geheiß von Tonja hatte Hans auch für sich ein Prepaid-Handy gekauft. Sein schönes Smartphone hatte Tonja zertreten und der Mülltonne überantwortet. »Ab jetzt müssen wir schnell und gleichzeitig extrem vorsichtig sein«, hatte sie gesagt.

Ihr Tempo machte ihm Angst. Vor der Alten Oper hielt er kurz inne und spürte seinen beschleunigten Herzschlag, den er sofort mit dem Hitzetag kurzschloss, der angekündigt worden war. Er atmete tief ein. Es soll ja Frauen geben, die an einen *bad guy* gerieten. Er schien eindeutig einer *bad woman* verfallen zu sein.

Er ging die Bockenheimer Landstraße zurück Richtung Wohnung, musterte die Passanten und fragte sich, ob man ihm den Betrüger schon ansah. Seine heiß laufende Fantasie hielt Ausschau nach Männern in schwarzen Ledermänteln, die hinter ihm her waren.

Zuhause aktivierte Tonja seine neue SIM-Karte. Sie saß wieder vor dem Rechner, das Display seines Kontos hatte die Überweisungsaufträge vermerkt. Den 200 Millionen fehlten drei Nullen. Ein Anruf bei Drago. Sie lauschte kurz und beendete das Gespräch. Hans wagte nicht zu atmen. In ihren grünen Augen leuchtete der Triumph auf. »Es hat funktioniert. Das Geld ist bei der Zagorska Banka.«

Zögerlich fragte Hans: »Und bei der Zagorska heben wir das dann alles wieder ab?«

Sie schürzte die Lippen. »Schatz, so einfach geht das nicht, auch dort sollten sich die Millionen nur für sehr kurze Zeit aufhalten. Der Concom wird schon bald dämmern, dass ihr 200 Millionen fehlen.«

»Wozu dann das Ganze?«

Tonja nahm Hans bei der Hand und führte ihn in die Küche. Bei einem frischen Cappuccino sagte sie: »Exakt aus diesem Grund habe ich Drago aktiviert. Der sorgt in diesen Minuten dafür, dass die Millionen bei der Zagorska sofort verschwinden und in einem sicheren Hafen landen.«

»Darf der das so einfach?«

Sie antwortete fröhlich: »Drago tut gerne Dinge, die er nicht darf.«

»Das kommt doch raus, das wird ihn bei der Zagorska Banka den Kopf kosten. Macht der das alles aus reiner Freundschaft?«

Sie lächelte schief. »Drago macht nichts aus reiner Freundschaft. Er kriegt für seine Dienste fünf Millionen von uns. Erst wollte er zehn, aber ich habe ihn runtergehandelt. Auch mit fünf Millionen kann er sich leichten Herzens von der Zagorska Banka trennen.« Tonja sprang wieder auf, ihren Cappuccino hatte sie kaum angerührt. »Ich erklär dir das alles in Ruhe – später. Machen wir erst mal, dass wir wegkommen.«

Hans protestierte: »Aber ich kann Frankfurt nicht von jetzt auf gleich verlassen!«

Spott tanzte in Tonjas Augen. »Warum nicht? Willst du der Concom-Bank noch eine Nachsendeadresse vorbeibringen?«

Hans gab sich geschlagen. »Natürlich nicht. Aber irgendwie brauche ich ein gutes Gefühl bei der Sache.«

»Gefühle kriegst du von mir. Wir fahren um Mitternacht und wir fahren durch. Wir haben keine Zeit zu verlieren.«

4. Kapitel

Frankfurt am Main

Wie liquidiert man 40 Jahre an einem Tag, von dem kaum noch zwei Stunden übrig sind? Hans stand vor seiner Jugendstilgarderobe *(Mahagoni, hochrechteckiger Spiegel, gebogter Unterbau mit vier Ablagen, auf der Frontseite Blütenstaude in feiner Reliefschnitzerei, deutsch, um 1910)* und nahm Abschied. Zwei Stunden, dann wären sie unterwegs. Wohin und für wie lange? Wehmütig glitt sein Blick über das dunkel glänzende Holz. Ein schönes Stück, hätte im Verkauf einen ordentlichen Preis gebracht. Aber eigentlich war für ihn jeder Verkauf ein Verlust gewesen, er hätte am liebsten alles behalten. Nun würde die Garderobe zurückbleiben und die vielen anderen Stücke auch.

Er prüfte sich im Spiegel. Volles blondes Haupthaar, graublaue Augen, feine Gesichtszüge, mittelgroße, schlanke Gestalt. Sah so ein Dieb aus? Ein Dieb, der heute untertauchen würde wie der unselige Durstewitz? Hans wendete sich ab von seinem Spiegelbild, nahm die 20 Schritte entfernte Wohnungstür ins Visier und versuchte, Gefühle und Wahrnehmung auszuschalten. Er stieg die Treppe hinab zur Straße, wo sein bauchiger Jaguar parkte. 40 Jahre und vier Kanister Benzin mussten im Wagen Platz finden. »Alle Spuren verwischen, an keiner Tankstelle halten«, hatte ihm Tonja eingebläut.

Den Inhalt des stationären Rechners hatte er auf sein Notebook übertragen. Immerhin etwas, das ihm blieb. Den Rechner würden sie irgendwo in Kroatien entsorgen, auch das hatte Tonja verfügt, wieder wegen der Spuren. In zwei Koffer hatte sie ihm eine karge Auswahl seiner Kleidung gepackt, während er drei Taschen für die Fotoalben, Briefe und seine Tagebücher aus den Stauräumen der Wohnung zerrte. Nicht zu vergessen das Silberbesteck mit Monogramm *(1943, deutsch, kriegsbedingt nur versilbert)*, das ihm seine Großmutter hinterlassen hatte. Mit einem Bademantelgürtel hatte er die sechsbändige Erstausgabe von »Auf der Suche nach der verlorenen Zeit« fluchtfertig verschnürt. 5.700 Seiten Proust – bislang war er nie über die ersten 100 Seiten hinausgekommen.

Er stopfte die Taschen und die verlorene Zeit in den Fußraum hinter den Vordersitzen. Draußen war es längst dunkel, aber die Laternen der Myliusstraße ließen die weiße Gründerzeitvilla, in der er lebte – gelebt hatte –, leuchten. Die Fassade mit ihren hohen Fenstern und den pausbäckigen Putten war erst kürzlich renoviert worden, ebenso das Belvederchen oben auf dem Dach. Er sah das Licht in seiner Wohnung. 160 Quadratmeter Beletage, fünf Zimmer. Sein Zuhause seit über zehn Jahren. Er bemerkte Tonja, die wie ein dunkler Geist durch die Räume huschte.

Zurück in der Wohnung, ergriff er die Biedermeier-Reisebar *(England, um 1830, nussbaumfurnierter Kor-*

pus, abgerundeter Klappdeckel, auf der Innenseite mit Halterung für zwei Gläser, sechs original Klarglasflaschen mit Goldstaffage). Die musste unbedingt mit. Im Wohnzimmer mit den hohen Decken und dem echten Stuck, seinem Salon, wie er gerne sagte, fiel sein Blick auf den mächtigen Frankfurter Schrank *(um 1730 gefertigt, soll einst bei Goethes im Treppenhaus am Großen Hirschgraben gestanden haben).* Der passte in keinen Jaguar, der würde zurückbleiben wie alles andere, was sich in den vier Jahrzehnten angesammelt hatte. Warum zum Teufel war er nicht Diamantenhändler geworden?

In seine füllige Aktentasche stopfte er Ausweise und Zeugnisse. Kurz blieb sein Blick auf dem Abiturzeugnis haften. Auf den Einsern in Deutsch, Geschichte und Kunst, auf den Vierern in Mathematik und Physik. Grässliche Fächer. »Die Dokumente könnten noch nützlich sein«, hatte Tonja betont. Sie selbst hatte nur ihren kleinen Rollkoffer gepackt, so schnell, wie sie ihn vor Wochen ausgepackt hatte. Als sie wie ein fremder, betörender Schmetterling in seinem Leben gelandet war.

Hans ließ sich in der Küche auf einen Stuhl sinken, wollte die letzten Minuten ausdehnen, auskosten wie das Bukett eines alten Weins. Wer auch immer hier einzog, er würde seine Freude haben an der Designer-Küche mit ihrem Spezialkühlschrank für die teuren Italiener. Ob sich die Herren von der Concom an den Super-Toskanern, dem Sassicaia und Tignanello, gütlich tun würden?

Tonja kam in die Küche und bemerkte seinen Blick. »Schatz, das alles und noch viel mehr können wir uns neu kaufen. Jetzt musst du loslassen.«

»Ich bin ein Behalter, kein Loslasser«, murmelte Hans.

Er litt. Den alten Globus aus der Schulzeit durfte er nicht mitnehmen, auch nicht den signierten Fußball von der Meisterschaft und schon gar nicht die Märklin-Eisenbahn mit den Weichen, die man noch von Hand stellte. Gab es vielleicht in seinem Geschäft etwas Jaguar-Taugliches? Kurz dachte er an den kleinen Laden in der Altstadt, im Schatten des Kaiserdoms. Eine seit 15 Jahren gut eingeführte Adresse. Nein, das alles dort war zu groß zum Mitnehmen. Sollte sich doch die Concom seine letzten Schätze greifen.

Tonja kochte Kaffee, den sie in eine Thermoskanne abfüllte. Die kam in eine Einkaufstasche, ebenso ein paar Flaschen Mineralwasser und belegte Brötchen. Sie fasste ihn an den Schultern. »Und bitte, bitte, keinen Kontakt zu niemandem – niemand darf wissen, dass wir verschwinden und wohin. Auch deine engsten Freunde nicht. Gut, dass du mir die noch gar nicht vorgestellt hast, so gibt es wenigstens keine Verbindung.«

Hans nickte. Woher sollte sie auch wissen, dass er zwar etliche Bekannte hatte, aber keine Freunde, echte Freunde? »Und wie machst du hier Schluss?« Sie hatte ihm nur erzählt, dass sie in einer Anwaltskanzlei im Nordend arbeitete und dies weit unterhalb ihrer Qualifikation.

Sie schnippte mit den Fingern. »Ich mache es wie dein Durstewitz – ich bin einfach mal weg. Ohne Lebewohl und Auf Wiedersehen. Erst recht nicht dem Chef gegenüber. Der ist sowieso weniger an meiner Buchhaltung als am Inhalt meiner Bluse interessiert.«

»Werden die dich vermissen?«

»Will ich doch hoffen, aber so wichtig bin ich da nicht. Nach ein paar Wochen haben sie mich wahrscheinlich vergessen.«

Wieder einmal fiel Hans auf, wie wenig er über Tonja wusste. Er hatte keine Ahnung, wann und warum sie nach Deutschland gekommen war und was sie zuvor in ihrer Heimat getrieben hatte. Sie hatte immer abgeblockt, wenn er darauf zu sprechen kam.

Er stand auf, bereit zu einem letzten Rundgang. Er klapperte ein Zimmer nach dem anderen ab, hielt eine letzte Zwiesprache mit dem modernen Ensemble von Memphis, dann mit dem eleganten Treca-Bett im Schlafzimmer mitsamt diverser Erinnerungen, auch aus der Vor-Tonja-Zeit. Im Designerbad nahm er sich die Manschettenknöpfe aus Platin, an denen sein Herz hing. Er schnüffelte dem kalten Rauch im Kamin des Wohnzimmers nach, ein finaler Blick streichelte das handgewachste Parkett. Wer würde hier einziehen, was würde derjenige mit seinen Möbeln machen? Müßige Fragen. In einer letzten, heftigen Geste schnappte er sich die Gallé-Vase *(»Teichrosen«, Nancy um 1904, signiert)*, wickelte sie in ein T-Shirt und quetschte sie zu den Dokumenten in der Aktentasche, die sich mittlerweile aufblähte wie ein Hebammenköfferchen.

»Fertig?« Tonja stand bereits in der Eingangstür, sie trug über Jeans und T-Shirt einen roten Leinenblazer.

Hans hatte für den Abgang eine feine Hose, ein graues Seidenjackett im Knitterlook und handgefertigte Schuhe gewählt. Wenn er sich schon ins Unbekannte stürzte, dann mit einem Minimum an Stil.

Es war dunkel geworden, aber immer noch drückend heiß.

Hans warf den Bund mit den Hausschlüsseln in den Briefkasten des Hausmeisters.

Tonja grinste. »Vorbildlich! Hast du dich auch brav vom Finanzamt verabschiedet?«

»Lach du nur. Was wird aus meiner Rente? Ich hab jahrelang freiwillig eingezahlt beim Staat, bringt später sicher einige Hundert Euro.«

»Pah! Fang endlich an, groß zu denken!«

»Im Moment denke ich kleiner als klein, zum Beispiel an die Miete.« Ein letztes Mal sah Hans die nachtstille Myliusstraße hinauf und hinunter, dann startete er den Jaguar. Er sagte zu Tonja: »Nur damit du es weißt – meine Vermieterin ist eine alte Dame, die von den Mieten lebt. Sie war immer fair zu mir. Die kriegt als Erste ihr Geld überwiesen, von Zagreb aus oder von wo auch immer.«

Tonja legte ihm besänftigend eine Hand aufs Knie. »Keine Sorge, es wird alles gut.«

5. Kapitel

Auf der Fahrt

Bald waren sie auf der Autobahn, der Wagen schnurrte Richtung Osten. Im Rückspiegel sah Hans die funkelnde Frankfurter Skyline hinter dem Horizont verschwinden. Er fuhr in die Schwärze hinein. Der Osten hatte schon immer etwas Bedrohliches für ihn. Das Gefühl hielt sich, als sie Nürnberg passierten, und es wurde stärker, als sie hinter Passau Österreich erreichten.

Würde er Deutschland je wiedersehen?

Wo fuhren sie überhaupt hin? Tonja hatte ihn gebeten, das Navigationsgerät wegzuwerfen, und wortkarg die grobe Richtung vorgegeben: Nürnberg, Passau, Salzburg, Villach, Karawankentunnel. Kurz vor dem Tunnel sollte er irgendwo anhalten und sie aufwecken.

Als Hans nun an der Grenze zu Slowenien kurz vor dem Karawankentunnel einen Parkplatz sah, fuhr er von der Autobahn ab. Tonja wachte von alleine auf und griff zu ihrem Handy. Während sie telefonierte, leerte Hans zwei Kanister Benzin in den Tank des Jaguars. Das betagte Stück hatte bisher nicht schlapp gemacht, sondern treu seine Dienste geleistet.

Tonja stieg aus und sagte: »Wir fahren nach Guguljak. Das ist mein Heimatdorf, 50 Kilometer südlich von Zagreb. Ich habe Tihomir, meinen Vater, angerufen, er erwartet uns.« Sie packte die Brötchen aus und servierte Kaffee aus der Thermoskanne.

Sie waren allein auf dem Parkplatz. Hans sog die Nachtkühle ein. Über ihnen ein halber Mond, den immer wieder Wolkenbüschel verdeckten.

Tonja hob ihren Kaffeebecher. »Einen Toast auf Durstewitz!«

»Wie bitte?«

Tonja biss in ein Schinkenbrötchen und meinte: »Wir haben ein Riesenglück gehabt. Ohne dieses Konto, das du mit ihm gemeinsam hast, hätte die Sache nie geklappt.«

»Ich verstehe kein Wort.«

»Es ist gar nicht so einfach, online schnell mal ein paar Hundert Millionen zu überweisen – das gibt es nur im Fernsehen. Heute arbeiten die Banken mit einem Online-Limit. Die meisten Kunden dürfen pro Tag maximal 5.000 überweisen. Firmen natürlich mehr, je nach Umsatz.«

Hans begann es zu dämmern. »Durstewitz hatte das Konto schon, als wir zusammenkamen und uns gegenseitig Vollmachten für alle Konten erteilten. Er hat darüber früher einen Teil seiner Geschäfte abgewickelt. Export/Import im großen Stil. Daneben hat er ein bisschen spekuliert, klang alles sehr kompliziert, mit Derivaten und Optionen, mit Long and Short. Das war nicht unbedingt meine Welt.«

Tonja nickte. »Und es lief offenbar lange recht gut für deinen Durstewitz, mit unglaublich hohen Umsätzen, da flipperten die Millionen nur so hin und her. Genau das konnte ich jetzt ausnutzen, ohne auf den ersten Blick aufzufallen. Wir waren ja kräftig im Plus, der Concom-Computer sah keinen Anlass, Alarm zu schlagen.«

Auch Hans nahm sich ein Brötchen. »Wenn ich mich recht erinnere, sind noch 200.000 auf dem Konto. Warum?«

Tonja machte eine generöse Geste. »Ich hätte es peinlich gefunden, alles bis auf den letzten Cent abzuräumen.«

Das gefiel Hans. »Ja, das hat Stil.«

Tonja fuhr fort: »Ich habe die knapp 200 Millionen in drei Tranchen unterteilt, jede mit einer schön unrunden Summe. So wollte es auch Drago.«

»Wofür ist der eigentlich bei der Zagorska Banka zuständig?«

»Für den Zahlungsverkehr mit dem Ausland. Es hat alles gepasst.« Sie lachte.

»Darf ich teilhaben?«

»Ich stelle mir gerade Durstewitz vor, sollte er durch irgendein Wunder davon erfahren, was sich auf seinem alten Konto getan hat. Der würde glotzen wie ein bosnischer Ochse. Was meinst du, wo er sich aufhält?«

Hans dachte kurz nach. »Keine Ahnung, hängt von seiner Kassenlage ab. Entweder logiert er in einem Fünf-Sterne-Hotel in Paris oder er schlürft Muckefuck in einem Männerwohnheim in Offenbach.«

Ach, Durstewitz, der Charmante, der Umtriebige. Fünf Jahre hatten sie zusammengearbeitet, Durstewitz hatte viele Kunden beigebracht und die Finanzen im Antiquitätengeschäft geregelt. Das Trüffelschwein hatte auch den prächtigen Nachlass auf einem Schloss in Oberhessen ausfindig gemacht. Einzigartige Renaissancemöbel, ein paar Schwergewichte aus dem Barock, dazu einige erlesene Stücke von David Roentgen und eine hübsche Sammlung Aquarelle von Picasso. Für manche dieser Objekte hatte Hans schon Interessenten gehabt, es wäre der Coup schlechthin gewesen. Die Concom-Bank hatte den Kauf des ganzen Nachlasses vorfinanziert, und nun wollte sie ihr Geld zurück. Von ihm, der so treuherzig gewesen war, Friedbert Durstewitz blind zu vertrauen. Friedbert, das klang anheimelnd, fast ein wenig doof. Aber im Gegenteil: Der Gute war alles andere als das.

Tonja drängte zum Aufbruch. Sie übernahm das Steuer, wofür Hans dankbar war, der Tag hatte ihn erschöpft. Er machte es sich auf dem Beifahrersitz bequem. Tonja fuhr schnell und sicher. Er musterte sie von der Seite, ihr volles Haar, ihre schimmernden Wangen, die Schenkel, die sich unter den eng sitzenden Jeans abzeichneten. Er war süchtig nach ihr, da war nichts zu machen.

Bevor Hans wegdämmerte, zogen die Gedanken in Schwaden durch sein überspanntes Hirn. Heute Morgen hatten ihm noch 200 Millionen gehört. Doch die hatte jetzt dieser Drago. Seine einzige Verbindung zu ihm war Tonja. Was, wenn er morgen früh mit einem Brummschädel allein auf einem Feldweg irgendwo in Slowenien aufwachte? Er würde sich nie verzeihen, Tonja nicht gesagt zu haben, dass er süchtig nach ihr war.

6. Kapitel

Guguljak

»Wo sind wir?«

»Gleich da.«

Hans richtete sich in seinem Sitz auf. Er hatte fest geschlafen und fühlte sich frisch. 10 Uhr. Vor rund zehn Stunden waren sie in Frankfurt losgefahren. Er sah aus dem Seitenfenster, konnte aber kaum etwas erkennen. Es regnete aus tief hängenden Wolken. Willkommen in Kroatien, dem Land der Sonne und Strände. Wasserwirbel und karstige Felder verschmolzen zu einem glänzenden, braun in braunem Postkartenbild, das keiner kaufen würde. Sie waren auf einer Autobahn, ein Schild mit dem Hinweis »Rijeka 150 km« huschte vorbei. Da ging Tonja vom Gas und steuerte eine Ausfahrt an.

»Noch zehn Kilometer.«

Wie durch ein Wunder wurde die Landschaft lieblicher und der Regen ließ nach. Die Landstraße, der sie folgten, schlängelte sich an einem kleinen Fluss entlang.

»Die Kupa, in der habe ich als Kind oft gebadet«, sagte Tonja.

Sanfte grüne Hügel tauchten auf, Weinberge. Hans fühlte sich an Franken und Südbaden erinnert. Auf der Straße waren kaum Fahrzeuge unterwegs.

»Hier ist es aber ruhig«, bemerkte Hans.

»Zu ruhig«, sagte Tonja.

Die Sonne brach durch, das Wasser der Kupa glitzerte. In einer langen Kurve sah Hans hoch auf einem Bergrücken einen schlanken Kirchturm, umkränzt von einem geduckten Häuflein rot gedeckter Häuser.

»Guguljak«, sagte Tonja.

Drei Kilometer weiter schrie sie plötzlich auf: »Oh je, die Warnleuchte!« Sie deutete auf die Anzeige, die im Armaturenbrett glühte.

Hans seufzte. Wahrscheinlich war die Pumpe für das Kühlwasser ausgefallen. Nichts Neues, aber ausgerechnet jetzt! »Fahr sofort rechts ran.«

Tonja brachte das Auto an einer Abzweigung, die bergauf führte, zum Stehen. Praktischerweise war der Jaguar exakt an der richtigen Stelle kollabiert, von hier aus ging es hoch nach Guguljak. Der Wagen köchelte, weißgraue Schwaden drangen durch die Ritzen der Motorhaube.

»So ein Scheiß«, schimpfte Hans beim Aussteigen.

Tonja nahm es leichter. »Ich rufe Vater an, der kann uns abschleppen oder abholen.« Sie zückte ihr Handy.

Hans musterte sein Exil in der Ferne. Ein steiler Schotterweg lag vor ihnen, durchzogen von tiefen Furchen, durch die jetzt das Regenwasser vom Berg herunterschoss.

Tonja packte ihn am Arm. »Tihomir meldet sich nicht. Er spaziert wahrscheinlich durch den Wald, das macht er vormittags gerne. Ich hab es noch bei unserem Nachbarn Mirko versucht, der eine kleine Autowerkstatt in Guguljak hat. Er geht auch nicht ans Telefon, aber ich habe ihm auf die Mailbox gesprochen.«

»Und nun?«, fragte Hans gereizt.

»Wir gehen zu Fuß. Zwei Stündchen und wir sind da.«

Das ließ sich ja gut an, dachte Hans, als er das Hebammenköfferchen mit der Gallé-Vase aus dem Wagen nahm. Sie schoben das röchelnde Auto unter einen Baum am Straßenrand.

Tonja schritt vorneweg, hüpfte locker über die Pfützen und legte ein hohes Tempo vor. Hans kam kaum nach, der handgenähte Rahmen seiner Schuhe sog sich voll mit Nässe. Die Sonne entfaltete ihre Kraft, die Hitze wurde brutal. Der Weg gewann in vielen Spitzkehren an Höhe, unten im Tal glänzte das Band der Kupa wie Metall. Dann wurde es endlich flacher. Zu beiden Seiten erstreckten sich Felder. Dunkle, saftige Erde, aber nur wenige bestellte Flecken. Ein einsamer Trecker hing wie gestrandet in einem Graben.

Mit einer kreisenden Handbewegung sagte Tonja: »Das ist bester Boden, wirklich schade drum. Es gibt in Guguljak kaum noch Landwirte, es lohnt einfach nicht. Vom Weinbau ganz zu schweigen.« Sie wies nach Süden auf die löchrigen Rebhänge. »Keiner hat Lust auf die Plackerei.«

Sie passierten ein Wäldchen. Linker Hand tauchte ein verfallenes Pförtnerhäuschen auf. Dahinter ein zweigeschossiges Gebäude mit vernagelten Fenstern und eine ausgebrannte Halle, die das kaum zu entziffernde Emblem »TK« trug. Das Dach war eingestürzt, ein paar verrußte Betonpfeiler ragten in die Höhe.

In die Totenstille hinein murmelte Tonja: »Das war mal der Stolz von Guguljak – die *Tvornica Kotlova*, kurz TK. Die Firma baute Heizkessel, hatte Kunden in ganz Jugoslawien. Hier haben die meisten aus Guguljak gearbeitet, auch mein Vater. Was du siehst, sind die traurigen Überreste des Verwaltungsbaus und der Fabrikationshalle.«

»Erzähl!«

»Vor zehn Jahren wurde das Unternehmen privatisiert. Einer aus der alten Nomenklatura in Zagreb griff sich die Firma, verscherbelte ihre Schätze und plünderte die Kasse. Übrigens kräftig unterstützt von der Zagorska Banka. Erst Entlassungen, danach schleichende Pleite. Irgendwer hat dann die Halle angezündet. Aus Wut oder als warmer Abbruch für einen Versicherungsbetrug, keine Ahnung. Auf jeden Fall lebt der Plünderer jetzt fröhlich in Österreich, und Guguljak ist *jedna selendra* – ein Unort, klein und tot.«

»Woher weißt du das alles?«

»Weil ich damals bei der Zagorska Banka angestellt war.« Tonja schüttelte den Kopf, wie um die Erinnerung loszuwerden, und beschleunigte ihr Tempo.

Sie erreichten das erste Haus am Ortsrand von Guguljak. Der unverputzte Bau sah aus wie eine vor Urzeiten verlassene Zollstation. Die Eingangstür hing schräg in ihren Angeln und gab den Blick frei auf einen dunklen Flur, in dem sich Bierkästen stapelten. Zwei der Fenster waren mit Pappe vernagelt. Auf dem versengten Gras vor dem Haus lag kopfüber eine verrostete Zinkwanne, umrahmt von zwei geplatzten Müllsäcken. Daneben ein gemauerter Brunnen, vor dem sich traurig ein Pumpenschwengel verneigte.

Sie blieben stehen.

Eine monströse Ratte kam unter der Wanne hervor, im Gras neben der Tür lauerte ein verfilzter Kater, der seine Chancen bezüglich der Ratte abschätzte. Diese würdigte ihn keines Blicks, sprang auf den Brunnenrand und verschwand mit einem eleganten Satz in der Tiefe. Kein Mensch weit und breit. Nur gespenstische Ruhe.

In diesem Moment knallte es zweimal ohrenbetäubend laut.

Hans duckte sich. »Da schießt jemand!« Halb im Scherz fügte er hinzu: »Sind die aus Frankfurt so schnell?«

Tonja tätschelte seine Wangen. »Ach was. Das sind Slavko und Branko, die Marković-Zwillinge. Die sitzen im Garten hinterm Haus und feiern ein bisschen mit ihrem Selbstgebrannten.«

»Morgens um elf?«

»Was sollen sie sonst groß tun? Die Zwillinge sind Helden, waren 1992 ganz vorneweg in ihrem T-55 bei der Verteidigung von Karlovac gegen die Serben.« Ihre Miene verdüsterte sich. »War eine böse Zeit. Die Zwillinge kamen mit Orden behängt zurück. Aber seit der Krieg vorbei ist, sind sie zu nichts mehr zu gebrauchen. Sie leben von einer kleinen Invalidenrente hier auf ihrem Hof, zusammen mit ein paar Kühen und Hühnern – und dem selbst gebrannten Sliwowitz, dem schnellsten Weg in die Hölle.«

Wieder krachten zwei Schüsse, wieder duckte sich Hans.

Tonja beruhigte ihn. »Wenn ihnen mulmig ist von

den eigenen Träumen, schießen sie ein bisschen in die Luft, ist völlig harmlos.«

In die folgende Stille hinein erhob sich hinter dem Haus ein machtvoller Gesang aus zwei Kehlen: *»Pi me ga, pi me ga – se do dana belega.«*

Tonja grinste. »Bei euch würde man ›Einer geht noch rein‹ sagen.«

Ein schratiger Endfünfziger mit eisgrauen Haaren war unbemerkt zu ihnen getreten. Er umarmte Tonja herzlich, küsste sie auf beide Wangen und blickte fragend zu Hans, der eine Verbeugung andeutete.

Tonja wandte sich an Hans. »Der Wirt vom *Bačvica*, dem ›Fässchen‹, der einzigen Kneipe in Guguljak.«

Der Wirt musterte Hans und sein Seidenjackett, dann die Eingangstür. Er sprach kurz mit Tonja und schüttelte den Kopf. Als er sich zum Gehen bereit machte, sagte er voller Abscheu: *»Vidi ovo, sve je otvoreno ko kurvina guzica.«*

»Was heißt das?«, fragte Hans.

Tonja lachte. »Er sagt, hier sei alles offen wie ein Hurenarsch.«

»Ihr habt interessante Redewendungen!«

»Du musst erst mal eine Marktfrau in Split fluchen hören!«

Die Häuser von Guguljak hingen aufgereiht wie unsortierte Perlen an der Dorfstraße. In einigen hausten offenbar ebenfalls Kriegsgestörte, andere waren durchaus gepflegt, ihre Vorgärten bewirtschaftet.

Tonja war sichtlich froh, sie Hans zu zeigen. »Die haben sich Leute gebaut, die lange in Deutschland gearbeitet haben oder in Kanada. Wer hiergeblieben ist, muss sich irgendwie durchwursteln.«

Es ging gegen Mittag, die Hitze wurde unerträglich. Hans spürte das Gewicht seiner Hebammentasche. Er fragte: »Wo ist hier die Dorfmitte, so was wie das Zentrum?«

Sie antwortete grinsend: »Wir stehen mittendrin.«

Hans blickte sich um. Die Straße hatte sich unmerklich zu einem runden, sandigen Plätzchen erweitert. Vor ihm erhob sich der weiß gekalkte Turm der Kirche, daneben lag ein winziger Friedhof mit mächtigen Grabsteinen. Die Toten waren mit ihrem Foto im Stein verewigt und blickten ernst herüber zu Hans.

Tonja erklärte: »Die Kirche ist auch für die Dörfer im Umkreis da. Beim Gottesdienst am Sonntag ist sie so voll, dass die Leute bis auf die Straße stehen.«

Gegenüber der Kirche behauptete sich ein roh gemauerter Kubus, dessen Eingang die kroatische Nationalflagge zierte. Das rot-weiße Schachbrett hing schlaff in der Mittagsglut, die Rollläden im ersten Stock waren heruntergelassen. Vor dem Haus ein paar Tische und Plastikstühle unter einem Sonnenschirm. Zwei alte Männer hockten vor einem Krug Wein und fächelten sich mit ihren Strohhüten Luft zu, unter dem Tisch zankten sich zwei Hühner um ein paar Brotkrumen. Gleichgültig musterten die Männer die Neuankömmlinge.

»Das ›Fässchen‹, der Mittelpunkt von Guguljak«, sagte Tonja. »Dort essen wir heute Abend eine Kleinigkeit. Dort wirst du auch unser Business Center kennenlernen.«

Hans runzelte die Stirn.

Sie lachte und fügte mit einem spöttischen Unterton hinzu: »Wirst schon sehen – im ›Fässchen‹ treffen sich unsere *Bisnissmän*.« Ihr Deutsch war eigentlich fließend, aber stets mit jener Färbung, die er so liebte. Nun übertrieb sie bewusst.

Ein rostiger Pritschenwagen quälte sich über den Platz, auf seiner Ladefläche schwankten mit Pflaumen gefüllte Körbe. Er verschwand um die Ecke, wieder war es still. Eine schwache Windböe raffte sich auf und ließ eine leere Bierdose *Karlovačko Pivo* zwei Meter weit über den Sand kullern. Damit erschöpfte sich ihre Kraft.

Hitze und Stille.

Hans hielt andächtig inne, er war angekommen. Das also war Guguljak, seine neue Heimat.

7. Kapitel

Guguljak

Tonja nahm ihn an der Hand. Sie gingen Richtung Ortsausgang, an zwei Kästen mit leeren Fensterhöhlen vorbei. Aus einer streckte ein Baumschössling seine lichtgierigen Zweige.

»Die Post und der Lebensmittelladen. Geschlossen – fünf Jahre nach Ausrufung unseres jungen Staates«, sagte Tonja.

Hans spöttelte: »Schon bemerkenswert, dein Guguljak. Diese Ruhe, diese verhaltene Kraft.«

»Na ja«, erwiderte sie säuerlich. »Früher gab es hier gut 400 Einwohner. Jetzt sind es exakt 244, hat mir der Wirt erzählt, einer ärmer als der andere.«

»Habt ihr denn keine Touristen?«

»Das spielt sich alles an der Küste ab, 150 Kilometer weiter im Süden.«

»Und wovon leben die Leute hier?«

»Eigentlich von nichts, eine hohe Kunst. Einige haben mies bezahlte Jobs in Zagreb oder Karlovac, der nächsten größeren Stadt. Jeder, der sich im Krieg den Fuß verstauchte, hat sich eine kleine Versehrtenrente erschwindelt, andere kriegen ein paar Dollar von den kanadischen Verwandten und was weiß ich. Hier müsste einfach mal mehr Zug rein.«

Hans lächelte. »So wie bei uns?«

Widerwillig kam es durch ihre weißen Zähne: »So in der Art.«

Sie hatten das Dorf verlassen, der Weg wurde schmaler, von hüfthohen Gräsern gesäumt. Der Himmel hatte ein makelloses Blau, in der Ferne jaulte ein Hund. Hinter der nächsten Biegung endete der Weg vor einer eternitgrauen Schachtel.

»Das Haus meines Vaters, nicht gerade Frankfurter Westend, aber ihm genügt es«, sagte Tonja hastig.

Immerhin lag die Schachtel inmitten einer Idylle. Ein würdiger Walnussbaum spendete dem Eingang Schatten, rund um das Häuschen wechselten sich Wiese, Pflaumenbäume und Tannen ab. Von einer kleinen Terrasse mit Blumenkübeln aus öffnete sich ein weiter Blick über Guguljak und die fernen, kirchturmbewehrten Hügel.

»Tihomir lebt alleine, meine Mutter ist vor einigen Jahren an Krebs gestorben. Der Untergang der Firma hat ihn schwer getroffen, er ist ein guter Ingenieur und mit seinen 53 Jahren noch viel zu jung für die Rente.«

Auch über ihre Familie hatte sie bislang nie gesprochen. Tonja schien Hans so vertraut, doch wieder wurde ihm klar, wie wenig er über seine Gefährtin wusste, die ihn hierher an den Rand der zivilisierten Welt geschleppt hatte.

Er wollte etwas sagen, doch Tonja flüsterte: »Zu tun hat er nicht viel, hinter dem Haus baut er Gemüse an und pflegt seine Blumen. Und bitte schau im Haus nicht in jede Ecke, er ist halt alleinstehend.«

Ein hochgewachsener Mann trat aus der Tür, lächelnd

kam er auf die beiden zu. Tihomir herzte und drückte Tonja, dann gab er Hans die Hand. »Willkommen!«

Er sprach recht gut deutsch, sah aus wie Mitte 40, hatte dichtes schwarzes Haar, an den Schläfen leicht angegraut. Die gemeißelten Gesichtszüge erinnerten an den jungen Tito. Ein wacher Blick, kaum Fältchen um Mund und Augen, sympathisch. Attraktiv, so wie seine Tochter, dachte Hans.

Er war völlig erledigt, das Seidenjackett durchgeschwitzt, die guten Schuhe überzogen von einer schmierigen Schicht Lehm. Er schälte sich mühsam aus dem Jackett, zog die Schuhe und die feuchten Socken aus. Mit nackten Füßen betrat er das Haus und landete direkt in einer winzigen Wohnküche.

Er quetschte sich auf eine Sitzbank mit rotem Kunstleder, unter der er seine Hebammentasche verstaute, in der die Zeugen seiner 40 Lebensjahre steckten.

Der einfach gezimmerte Esstisch war mit einem rotweißen Wachstuch bedeckt, gegenüber thronte, hoch über einem Herd mit vergilbten Griffen aus Emaille, eine in Holz gefasste Uhr. Sie tickte zögerlich, es schien Hans, als ob sich der Zeiger besonders langsam, besonders guguljakisch bewegte.

Wo bin ich hier und warum? Er rutschte in ein Loch, tiefer als der Brunnen der Zwillinge, in dem die Ratte wohnte.

Tonjas Blick streifte ihn voller Wärme. »Gleich gibt es *turska kava* und *štruklji.*« Sie schob sich zwischen Tisch und Herd, dessen Klappe sie öffnete. »Wunderbar, da ist noch etwas Glut vom Mittagessen.«

Leise fragte Hans: »Was hast du deinem Vater eigentlich erzählt?«

»Dass wir beide in Deutschland ein bisschen Geld gemacht haben und dass wir uns in Südosteuropa engagieren wollen.«

»Glaubt er das?«

»Erst mal ja. Er hat länger in Ingolstadt gearbeitet. Er findet die Deutschen zwar etwas hölzern, achtet sie aber. Und nun habe ich ihm so einen mitgebracht. Hier in der Anrichte neben dem Herd hegt er seinen kleinen Schatz – einen Packen D-Mark-Scheine. Damit kann man in Bosnien ganze Häuser kaufen. Oder ein günstiges Gerichtsurteil in Karlovac.«

»Und er hat nichts dagegen, dass wir hier einfach so hereinschneien?«

»Tihomir hat spontan zugesagt, als ich anrief. Wir sind immer spontan. Er weiß auch, dass wir eine Zeit lang in Guguljak bleiben werden.«

»Sehr lange?«

Sie lachte. »Wir wollen nichts überstürzen, vor allem dürfen wir nicht auffallen.«

Ihr Vater kam in die Küche und legte im Herd ein paar Holzscheite nach.

In einer *đezvica* aus rötlichem Kupfer begann das Wasser zu kochen, Tonja gab reichlich Zucker hinein. Sie nahm das Gefäß vom Herd und schüttete zwei Löffel »Kaffee Gloria« dazu. Wieder kam die *đezvica* aufs Feuer. Mit einem Löffelchen rührte sie den Kaffee um, bis er aufschäumte, dann füllte sie ihn in zwei Mokkatassen.

Der türkische Kaffee war stark und süß. Für den Augenblick rettete er Hans, ebenso die *štruklji*, die Tihomir von einer Nachbarin geholt hatte. Hans vertilgte drei Stück der köstlichen heißen Schnitten aus Frischkäse.

Er aß gerade das letzte Stück, als vor dem Haus jemand pfiff. Tonja ging nach draußen. Hans hörte, wie rege palavert wurde. Wenige Minuten später brachte sie nach und nach ihr gesamtes Gepäck herein.

»Das war Mirko. Er hat unsere Sachen aus dem Jaguar geholt.«

»Kann er ihn reparieren?«

Tonja seufzte. »Er könnte schon, aber der Wagen muss verschwinden.«

»Um Gottes willen! Das ist ein Jaguar MK II, Baujahr 1969 – daran hängen viele Erinnerungen!«

»Und dein Nummernschild.«

Hans sackte in sich zusammen. Sein Jaguar nun auch weg! Ein weiterer Abschied für immer.

»Was macht denn dieser Mirko mit meinem Auto?«

Sie grinste. »Er hat ein ganzes Lager mit Jaguar-Ersatzteilen. Würde mich nicht wundern, wenn er aus deinem Auto gleich zwei neue bastelt. Jaguare sind im Kosovo sehr beliebt.«

Durstewitz kam Hans in den Sinn. Oft hatte der Gute eine *Mariage* vorgeschlagen – man nehme ein paar abgestandene Originalteile, füge sie kunstvoll zu einer neuen Antiquität zusammen und schon war der echte Biedermeier-Sekretär fertig. »Ich hätte da ein paar tolle Handwerker aus Polen, die kriegen das erstklassig hin«, hatte Durstewitz gesagt. Ja, das hätte man machen sollen.

Tonja öffnete eine Tür, die noch tiefer ins Innere des Häuschens führte. Viel Inneres gab es nicht, ein kurzer dunkler Flur führte zu drei weiteren Türen. »Links ist das Gästezimmer, rechts schläft mein Vater und am Ende des Flurs ist das Bad. Dort kannst du dich, wenn du magst, etwas frisch machen.«

Im Gästezimmer stand ein Bett, über dem ein eingerahmtes Foto in Sepia hing. Eine Musikkapelle – einige ältere Herren und ihre Instrumente. Wie die Herren und ihre Hunde. Komplettiert wurde die Einrichtung durch eine wurmstichige Truhe, einen Ohrensessel mit fleckigem Bezug und eine gusseiserne Stehlampe mit trauernden Kordeln. So hatte man um 1947 herum gewohnt, meldete sich der Kenner in Hans. Sie luden ihre Koffer und Säcke ab, dazu die treue Hebammentasche.

»Ich weiß, ist ein bisschen eng hier. Aber das ganze Häuschen hat nur 70 Quadratmeter. Vater hat es selbst gebaut«, meinte Tonja.

Hans ließ sich auf dem Bett nieder. Er sackte durch, die Federn ächzten, der Rahmen schwankte wie eine Jolle in schwerer Dünung. Hier hatte sich wohl schon Marschall Tito in der heroischen Zeit ausgeruht, als es gegen die Besatzer, die deutschen Teufel, ging.

Tonja strich ihm übers Haar. »Ruh dich aus, ich muss noch kurz nach Karlovac, wegen der Bankvollmacht.«

Hans fiel schnell in einen leichten, unruhigen Schlaf. Und in einen scheußlichen Traum. Er stand auf Bahnsteig 18 im Frankfurter Hauptbahnhof und wollte den

TGV nach Paris besteigen. Doch die zwei Rucksäcke voller Geldscheine, die er trug, ließen ihn einfach nicht vom Fleck kommen, er stand wie festgefroren. Und schon erschienen die Häscher auf dem Querbahnsteig.

Hans wachte auf, sein Hemd klebte feucht und kalt auf der Haut. Dann geh ich mal ins Badezimmer, sagte er sich und holte ein paar frische Sachen aus einem der Koffer.

Das Badezimmer war kleiner als sein Gäste-WC im Frankfurter Westend, die Ausstattung antiquarisch: ein Klo nebst lockerem Plastikdeckel, ein rissiges Waschbecken und eine Duschkabine, deren Vorhänge an den Rändern schwarze Flecken zierten. Der guguljakische Schimmelpilz. Ein Boiler, den wohl die deutschen Teufel 1945 zurückgelassen hatten. Irgendwie war das alles charmant in seiner Kargheit, machte sich Hans Mut. Er zog sich aus, fischte aus seinem Kulturbeutel ein Fläschchen Duschgel und stieg in die Duschkabine. Misstrauisch musterte er den Duschkopf hoch über sich und drehte vorsichtig an den zwei Hähnen. Im Boiler fing es an zu gurgeln, und ein stechend heißer Wasserstrahl streifte seine Schulter. Hans sprang aus der Kabine, machte ganz lange Arme und drehte erneut an den Hähnen. Nun war die Temperatur angenehm. Er stieg wieder hinein, seifte sich gründlich ein und begann, das Duschen zu genießen. Plötzlich krächzte der Boiler, ein Schwall eiskalten Wassers trieb ihn erneut aus der Kabine. Der Boiler wechselte in eine Art Keuchhusten. Das Wasser versiegte. Da stand er, komplett eingeseift. Neben dem Waschbecken hing ein gelb geflecktes, feucht-fettiges Handtuch. Zitternd versuchte Hans, sich damit trocken zu rubbeln. Dabei schaute er durch ein winziges Fenster in den Garten hinter dem Haus. Auf der Wiese stand eine Gras kauende eitergelbe Ziege. Sie nahm Hans wahr, trottete näher und glotzte ihn mit fahlen Augen an. Hans war sich sicher, dass exakt diese Ziege am Morgen dieses Tages mit genau diesem Handtuch abgetrocknet worden war.

Er seufzte. Sein erster Tag als Multimillionär.

8. Kapitel

Guguljak

»Das wäre erledigt.« Nach gut zwei Stunden kehrte Tonja zurück. Alles an ihr strahlte Zuversicht und Dynamik aus.

Hans fühlte sich immer noch matt. Als sie sich in der Küche zusammensetzten, fragte er leise: »Ich würde gerne wissen, wie es konkret weitergeht?«

Tonja schmunzelte. »*Polako, polako* – langsam, langsam, nur keine übertriebene Hast. Daran musst du dich gewöhnen. Merk dir dieses Wort, es ist das wichtigste in unserem Land.«

Sie tranken noch einen *turska kava,* während der Vater unweit des Häuschens im Garten werkelte. Hans starrte trübselig die Uhr an, und Tonja versuchte ihn aufzumuntern. »Nachher gehen wir ins ›Fässchen‹, und morgen um zwölf treffen wir Drago in Zagreb, im Esplanade. Zufrieden?« Sie erhob sich.

Kurz darauf hörte Hans sie im Badezimmer rumoren. Das Wasser der Dusche plätscherte stetig, ihr war der Boiler offenbar voller Hingabe zu Diensten. Hans dachte an seinen Jaguar, an die Beletage im Frankfurter Westend, an all das Schöne und Sichere.

Ehe er ganz in der Erinnerung versank, war Tonja zurück – frisch und mit einem Hauch Rouge auf den Wangen. Betörend.

Die Luft hatte sich merklich abgekühlt, als sie vors Haus traten und den Weg Richtung »Fässchen« einschlugen. Endlich hatte Hans Appetit. Er entspannte sich zusehends und konnte wieder klarer denken.

Mitten im hohen Gras fragte er Tonja: »Was hat es eigentlich mit der Bankvollmacht auf sich?«

Sie wedelte mit den Händen. »Ich war bei der Sparkasse in Karlovac, ich kann nun das Konto der *stari rokeri* mitbenutzen.«

»Stari was?«

»Die Altrocker – so heißt die Band, in der mein Vater spielt. Das Foto, das du im Gästezimmer gesehen hast.

Die *stari rokeri* sind noch oder schon wieder *in*, werden sogar von jungen Leuten zu Hochzeiten gebucht. In der Kirche spielen sie brav die alten Lieder, bei der Feier danach in der Kneipe geben sie dem Schwein die Freiheit.«

»Du meinst, sie lassen die Sau raus.«

»Wie auch immer. Jedenfalls kommen die Altrocker sehr gut an. Tihomir ist ihr Kassenwart, er spielt meist Bass, kann aber auch Gitarre und Mundharmonika.«

»Und wofür brauchen wir das Konto?«

Tonja blickte Hans nachsichtig an. »Schatz, dort deponieren wir ein bisschen Geld zum Leben. Außerdem möchte ich etwas für Vater tun. Und für meine Onkel.«

»Wie viele Onkel hast du denn?«

»Acht«, antwortete sie fröhlich.

»Meine Güte. Wo leben die denn alle?«

»In Guguljak.«

»Und was tun sie?«

»Nichts.« Leise fügte sie hinzu: »Aber sie sind meine Onkel.«

Hans meinte: »Dann hoffen wir mal, dass für uns noch etwas übrig bleibt.«

Tonja erwiderte: »Mehr als genug, mein Lieber.«

Im »Fässchen« empfing sie sprudelndes Leben. Gänzlich tot war das Dorf also nicht. Hans kam es so vor, als ob sich alle 244 Guguljakaner an den Holztischen der kleinen Gaststube mit ihren weiß getünchten Wänden versammelt hatten. Direkt neben der Theke stand eine Jukebox, die Hans sofort anzog.

Tonja flüsterte: »Hier im *Bačvica* hat sich seit den 60er-Jahren nichts verändert. Da gab es mich noch gar nicht.«

Hans näherte sich dem gleißenden Plexiglas und den Bonbonfarben. Er streichelte die Jukebox. »Herrlich – das ist eine Wurlitzer. Das Jubiläumsmodell von 1956.« Tonja lächelte. »Ich weiß, früher war es schöner. Darüber kannst du dich gerne mit dem Wirt unterhalten. Der hockt oft nach Mitternacht allein vor dem Ding und spielt ›I can hear music‹ von den Beach Boys. Zur Not zehnmal hintereinander.«

Der Hit von 1969. Hans fühlte Wärme in sich aufsteigen. Er war nicht allein.

Gläser klirrten, Besteck klapperte, es roch appetitlich nach einem Braten, alle schwatzten fröhlich. Der eisgraue Schrat begrüßte sie mit einem freundlichen Kopfnicken.

Zielbewusst steuerte Tonja auf die hinterste Ecke zu, wo noch zwei Plätze frei waren – direkt neben einem runden Tisch, an dem sechs Männer die Köpfe zusammensteckten, eingenebelt von den Rauchschwaden ihrer Zigaretten.

»Das Business Center«, sagte Tonja leise, während sie sich setzten. »Hier geht es um *Gälder*, hier werden die großen *Gäschäfte* gemacht.«

Hans überließ ihr die Bestellung. Der Wirt brachte zwei Gläser *gemišt*: zwei Drittel Weißwein und ein Drittel Mineralwasser. Dazu gab es eine mächtige Platte mit getrocknetem Schinken und Maisbrot. Hans langte zu, es schmeckte vorzüglich. Nach dem zweiten Glas *gemišt* fragte er Tonja aufgeräumt: »Und was machen die *Bisnissmän* in diesem *Bisniss Zäntar* genau?«

Sie flüsterte: »Keiner von denen hat Geld, aber sie kennen Leute, die Leute kennen, die angeblich Geld haben. Oder besondere Geschäftsideen. Und das bemurmeln die jeden Abend.« Sie lauschte unauffällig, dann fasste sie das Gehörte zusammen. »Im Moment geht es darum, wie man Goldbarren herstellt, die im Kern nur aus Wolfram bestehen. Soll besser sein als Füllungen aus Blei oder Stahl, weil nicht so schnell nachweisbar.«

Hans trank seinen dritten *gemišt* und beobachtete den Nachbartisch. Der Wortführer trug als Einziger Anzug und Krawatte. Ein fragender Blick zu Tonja.

Die meinte, der käme sicher aus Zagreb. »Nun spricht er über garantiert echte künstliche Diamanten.«

Danach wurde laut Tonja der Verkauf von Anteilscheinen einer nichtexistenten Ölbohrplattform in der Bucht von Rijeka diskutiert, gefolgt von einem Sonderposten Benzin aus serbischen Armeebeständen und vier Lastwagen Schmuggelzigaretten aus Montenegro. Hans war auf einmal bester Laune, er wünschte sich Durstewitz in diese Runde.

Als Hans und Tonja das »Fässchen« verließen, erörterten die *Bisnissmän* das neueste Geschäftsmodell: den doppelten Verkauf von Ferienwohnungen an der Adria.

Unter sternenklarem Himmel spazierten Hans und Tonja Hand in Hand Richtung Schachtel. Hans freute sich darauf, mit Tonja die Jolle im Gästezimmer zu besteigen.

Er wurde nicht enttäuscht. Es schwankte und ächzte, Tonjas zärtliche Seufzer mischten sich in den Gesang der Zikaden draußen vor dem offenen Fenster. Hans war es, als höre er das 150 Kilometer entfernte Meeresrauschen. Er verlor sich im Duft ihrer Pfirsichhaut, in ihren Säften, in ihrer Weichheit und Wärme. Wonne ohne Ende. Und Vater Tihomir, der ewige Bassist, schaute aus seinem Foto heraus zu.

9. Kapitel

Zagreb

»*Odlično*!« Juchzend jagte Tonja den alten Renault ihres Vaters durch Guguljak. Hühner stoben auseinander, Staub wirbelte hoch. Es war gegen elf und der Tag nicht so heiß wie der gestrige. Hans wusste schon, was *odlično* bedeutete – toll, prächtig, ausgezeichnet. Auf Höhe der Zwillinge drosselte sie das Tempo. Durch die offene Seitenscheibe hörte Hans das vertraute »*Pi me ga, pi me ga*« herüberwehen.

Tonja sagte: »Eigentlich sind es brave Burschen, Slavko und Branko. Mit denen habe ich noch einiges vor.«

Grundgütiger, dachte Hans und duckte sich tief in seinen Sitz, als Tonja das Gaspedal wieder durchtrat.

Der Fahrtwind wirbelte ihre schwarze Mähne auf, sie schnalzte mit der Zunge. »Wie aufregend! Ist doch herrlich, mal etwas völlig Neues anzufangen.«

Ergeben nickte Hans. Er wollte nur die Fahrt bis in die Hauptstadt überleben. Der Wagen donnerte bergab, Hans schloss die Augen. Er öffnete sie erst wieder, als er das Auto in der Horizontalen wähnte. Sie waren auf der Autobahn nach Norden, Tonja fuhr gesitteter und reihte sich in den Verkehr ein, der umso dichter wurde, je näher sie Zagreb kamen. Auf einer mehrspurigen Straße durchquerten sie Novi Zagreb, den Südteil der Hauptstadt. Hans sah vielgeschossige graue Wohnmaschinen, dazu moderne Bürohochhäuser, viel Stahl, Beton und Glas. Sie fuhren über die Save, die den Süden und Norden der Stadt trennte, und hinein in das alte Zagreb. Prächtige Fassaden, Ringstraßenarchitektur; unversehens sah sich Hans in das alte Wien seiner angenehmsten Erinnerungen versetzt. Endlich wieder Großstadt, zurück in der Zivilisation.

Tonja stellte das Auto vor dem Hauptbahnhof ab, einem eleganten, klassizistischen Bau.

»Ich will dir was zeigen«, sagte sie, während sie ausstieg. Sie zog ihn durch das Gewimmel der Menschen, und plötzlich standen sie vor einem mächtigen Denkmal, einem mittelalterlichen Reiter mit gezücktem Schwert. »Tomislav, unser erster König. 925. Ist zwar ein Weilchen her, aber wir sind stolz auf ihn.«

Hans war beeindruckt. Vom Denkmal aus öffnete sich eine Blickachse über einen von Baumalleen gesäumten Park bis hin zur Oberstadt mit zwei blendend weißen Kirchtürmen. Am Horizont sah Hans die Silhouette eines gewaltigen Bergmassivs.

»Unsere Kathedrale, und dahinter siehst du das Medvednica-Gebirge mit dem Sljeme, dem Hausberg von Zagreb«, sagte Tonja.

Hans nickte zustimmend, das alles gefiel ihm.

Tonja bemerkte seine Freude. »Kroatien ist klein, aber größer als Guguljak.« Sie lenkte seinen Blick nach links. »Und das ist das Esplanade.«

Ein paar Hundert Meter entfernt ragte das Hotel wie eine Zauberburg vor ihm auf. Sechs zartgraue Geschosse zählte Hans, vorgelagert waren eine große Terrasse und ein Springbrunnen mit mächtiger Wasserfontäne.

»Art déco von 1925, hier machten früher die Reisenden aus dem Orientexpress Station. Inzwischen zum Glück wieder ein Fünf-Sterne-Haus«, sagte Tonja.

Hans blieb stehen und staunte, bis sie ihn am Arm nahm und mahnte: »Wir müssen los, wir sollten pünktlich sein.«

Hans witzelte: »Habt ihr hier nicht eher ein mediterranes Zeitgefühl? Von wegen *polako*?«

Tonja lachte. »Du lernst schnell. Aber Drago ist überpünktlich. Wie der Prokurist einer deutschen Schraubenfabrik.«

Eine geschwungene Auffahrt, in der gerade ein Bentley entladen wurde, führte sie ins Foyer des Hotels. Alles in Hans atmete auf. Er musterte den schwarz-weißen Marmor der Wände, die edeldünnen Teppiche, die ausladenden Treppenaufgänge, die prachtvollen Lüster und Uhren im Stil von 1925, die die Ortszeiten in New York, Buenos Aires, London und Paris anzeigten. Hans war versucht, die Uhren »Zeitmesser« zu nennen. Vor der Rezeption stand das zum Bentley gehörende Paar: ein gepflegter Herr und eine junge Brünette, die mit Sicherheit nicht seine Tochter war. Hans genoss die luxuriöse Ruhe. Hier liefen keine Ziegen herum, hier wurde auch nicht geschossen.

Tonja lenkte ihn sanft in die angrenzende Bar mit ihren Spiegeln und dem glänzenden Parkett. Nur wenige Tische waren besetzt. Ein Pianist spielte dezent im Hintergrund, Kellnerinnen in weißen Schürzchen und Schnürschuhen schwebten durch den Raum. In einer Ecke erhob sich ein junger Mann. Drago sah ganz anders aus, als Hans ihn sich vorgestellt hatte. Er schätzte ihn auf Anfang 30, Tonjas Alter. Drago neigte schon zur Fülle, er hatte kurz geschnittenes Haar, große, flinke Augen. Seine Pausbäckchen erinnerten Hans an die Putten in der Fassade seiner Westend-Wohnung.

Drago kam ihnen in einer weit ausholenden Kurve entgegen, orderte im Vorübergehen bei einem der Engel in Schwarz-Weiß Champagner und Sandwiches. Er küsste und umarmte Tonja. Hans wurde mit einem kräftigen, weniger langen Händedruck bedacht. Aber beide lud Drago überschwänglich ein, sich zu setzen. Sie waren die Einzigen in dieser hintersten Ecke der Bar.

Hans sank in einen schwarzbraunen Ledersessel. Seine linke Hand liebkoste das erstklassig vernähte Leder, mit der rechten streichelte er den feinen Samt an der Seite. Auf dem runden Clubtisch vor ihm schwamm in einem kugeligen Glas das weiße Köpfchen einer Rose. Sein Blick ging durch eines der hohen, von cremefarbenen Vorhängen flankierten Fenster hinaus auf die Terrasse. Hier könnte er länger bleiben.

Dragos blauer Anzug war so perfekt wie sein Englisch und die Maniküre seiner Fingernägel. Als der Champagner perlte, hob er das schlanke Glas und kam schnörkellos in fast akzentfreiem Deutsch zur Sache. »Fünf Millionen für mich. Fünf weitere für euch, die ich in bar dabei habe. Ich habe mir erlaubt, ein Menü aus Euro, Kuna und US-Dollar zusammenzustellen – war gar nicht so einfach, ich hatte viel Lauferei. Das Geld ist in meinem Wagen, der direkt hinter dem Hotel parkt.«

Tonja nickte stumm.

Drago fuhr, ohne eine Miene zu verziehen, fort: »60 Millionen sind seit gestern Eigentum der Stiftung zur Förderung des Militärmuseums Karlovac. Weitere 60 lagern bei der Unterstützungskasse für die Dombauhütte Sveti Stjepan in Zagreb. Und über fast 70 Millionen freut sich das Waisenhaus Marija Petković in Split. Ich habe die Ehre, diese verdienstvollen Stiftungen als Treuhänder zu führen.«

Tonja grinste. »Gut ausgesucht.«

Drago feixte: »Unser tapferes Militär, unsere hochverehrte Kirche und unsere lieben Waisen – das ist die perfekte Mixtur. An die wagt sich niemand so schnell heran. Aber lange sollte das Geld dort nicht bleiben.«

»Dafür wird Dr. Strozzi in Triest ganz sicher sorgen«, erwiderte Tonja.

Hans verstand immer weniger und nippte ratlos an seinem Champagner.

Tonja bemerkte es und tätschelte ihm eine Hand. »Erkläre ich dir alles später.«

Drago erhob erneut sein Glas und sagte würdevoll: »Heute ist ein besonderer Tag. Nach langen Jahren vertrauensvoller Zusammenarbeit trennen sich die Wege der Zagorska Banka und der meinige. Ein bisschen wehmütig bin ich schon.«

Tonja lachte heiser. »Was wirst du vermissen?«

»Vor allem den Blick aus meinem Büro auf den Jelačić-Platz, auf das Denkmal unseres tapferen Ban Jelačić.«

Tonja erklärte Hans: »Der Jelačić-Platz ist das Herz des alten Zagreb. Jelačić war ein Feldherr und Ban, k. k. Feldzeugmeister und Kommandeur des Maria-Theresia-Ordens. Hat den Aufstand der ungebärdigen Ungarn 1848 niedergeschlagen. Ein treuer Vasall des Hauses Habsburg, einer unserer Nationalhelden.«

Hans nickte, es war beruhigend, von Helden umgeben zu sein.

Tonja wandte sich wieder Drago zu. »Und wann geht es nach Triest?«

»Sobald wir hier fertig sind. Ich hab euch noch etwas Besonderes mitgebracht – eine Schreibmaschine.«

»Wozu denn das?«, entfuhr es Hans, der auch einen Redebeitrag leisten wollte.

»Wir werden ab sofort«, sagte Tonja, »mit Drago nur noch wie in der guten alten Zeit kommunizieren. Schriftliches gibt es nur in Ausnahmefällen und dann auf der Schreibmaschine verfasst. Das meiste werde ich sowieso ausschließlich in meinem Kopf aufbewahren. Den kann keiner belauschen.«

»Das ist ein absolutes Muss. Im Netz oder sonst wo dürfen wir nicht vorkommen, mit keinem Bit.« Drago schüttelte den Kopf. »Heute wird alles elektronisch überwacht, eigentlich ein Skandal. Man kann seinen Geschäften kaum noch richtig nachgehen.« In seiner Stimme schwang aufrichtige Empörung mit.

Sie schwiegen, griffen nach den Sandwiches und ließen die intime Atmosphäre der Bar auf sich wirken.

»200 Millionen, das ist unfassbar viel Geld!«, sagte Hans unvermittelt.

Dragos flinke Augen fixierten ihn kühl. »Finden Sie? Dafür kriegt man keine zwei Weltklasse-Fußballer.«

Hans musste ihm recht geben. Für den Moment wurde er von einer gewissen Leichtigkeit erfasst. Er erwiderte: »Oder drei anständige van Goghs.«

Drago ging nicht weiter auf Hans ein, sondern wechselte das Thema. »Wie geht es in Guguljak voran?«

»Gar nicht«, sagte Tonja mit einem Anflug von Verdrossenheit.

Drago fuhr sich durch seine kurzen Haare. »Tja, nur im ›Fässchen‹ sitzen bringt einen nicht viel weiter.«

Die drei lauschten dem Klavier, ab und an schritt ein *Bisnissmän* vorbei, wahrscheinlich ein echter, wie Hans befand.

Drago schaute auf seine elegante Uhr. »Wir sollten dann mal.« Er zahlte bar, und gemeinsam verließen sie das Hotel. Während die beiden sich untergehakt hatten und angeregt auf Kroatisch miteinander schwatzten, trottete Hans hinterher. Militärmuseum, Dombauhütte, irgendwelche Waisen und jetzt auch noch ein Herr Dr. Strozzi. Hoffentlich würde sich das irgendwann entwirren.

Der armanigraue BMW Dragos parkte in einer Seitenstraße. Drago öffnete den Kofferraum und holte schwungvoll eine schwere Reisetasche und eine prall gefüllte Einkaufstüte von Lidl heraus. Die Reisetasche sah billig aus mit ihrem abgeschabten Kunstleder, in der Einkaufstüte hätten auch geschnittenes Brot, Äpfel und Käse sein können. Drago reichte beide Hans und meinte: »Die fünf Millionen wiegen über 40 Kilo.« Die Reiseschreibmaschine aus rotem Kunststoff übergab er Tonja.

Hans erkannte sie sofort, sein Vater hatte sie so geliebt, die Olivetti Valentine, das Kultgerät von 1969, das Meisterstück von Ettore Sottsass. Auf einem solchen Typ hatte Hans als Kind in der elektroniklosen Vorzeit noch getippt.

Drago herzte und küsste Tonja und gab nun auch Hans Wangenküsse rechts und links. »Das wird schon, mein Freund«, ermunterte er ihn strahlend.

»Ich komme übermorgen gegen Mittag nach Triest«, sagte Tonja.

Drago nickte. Er schwang sich in seinen Wagen, startete und röhrte um die nächste Ecke.

Tonja und Hans gingen Richtung Bahnhof. Er schleppte Reisetasche und Tüte, sie trug die Olivetti. Hans fühlte sich wie in einem Minenfeld. Er rechnete damit, dass sich jeden Moment ein Vermummter aus der Menschenmenge lösen und ihm die Taschen entreißen würde.

Tonja erriet seine Gedanken. »Keine Sorge, Hans. Wir laufen durch die Gegend wie zwei Flüchtlinge mitsamt ihrer letzten Habe.«

Niemand nahm von ihnen Notiz, brav stand der Renault da, wo sie ihn abgestellt hatten. Die Reisetasche, die Tüte und die Olivetti kamen hinter die Vordersitze. Hans beäugte Tasche und Tüte, als ob sie jeden Moment explodieren könnten. Da drin also waren fünf Millionen, kaum zu glauben.

Tonja wollte sofort losfahren, doch Hans legte eine Hand auf ihre Schulter. »Tonja, wollen wir nicht noch ein bisschen bleiben? Wir könnten eine Suite im Esplanade buchen für ein paar entspannte Tage. Das da in der Tasche müsste wohl reichen. Im Esplanade gefällt es mir irgendwie besser als im ›Fässchen‹.« Er sehnte sich nach einem geschützten Ambiente, er wollte in Ruhe einordnen, was ihm alles widerfahren war und was ihm noch bevorstand. Und er wollte endlich ein richtiges Badezimmer.

Sie fasste spielerisch an seine Nase. »Und wie willst du dich im Hotel anmelden? Mit deinem Pass, als Hans Bäumler aus Frankfurt am Main? Bitte, Hans, das Esplanade läuft uns nicht weg, wir werden dort bald öfter sein. Aber erst, wenn du eine neue Identität hast.«

Wie vom Schlag gerührt, nahm Hans auf dem Beifahrersitz Platz. Bäumler war zwar kein toller Name, aber so hieß er seit 40 Jahren, seit der Ausstellung der Geburtsurkunde in Frankfurt am Main-Seckbach. Während Tonja den Wagen wieder nach Süden lenkte, hing Hans schlaff im Sitz. Stück um Stück wurde ihm alles genommen, als Nächstes also die Identität. Er griff nach hinten und betastete die Reisetasche. Es fühlte sich gut an, seine Stimmung hellte sich auf.

Auf der Autobahn hatte er sich gefasst. »Wenn ich das richtig mitgekriegt habe, ruht unser Geld bei diesen komischen Stiftungen. Wer hat darauf Zugriff?«

»Drago natürlich.«

»Und warum?«

»Weil er schon vor längerer Zeit ein paar Konten für die Stiftungen bei verschiedenen anderen Banken eröffnet hat. Genau dorthin hat er unser Geld transferiert, damit weder die Concom noch die Zagorska Banka drankommen.«

Hans wunderte sich. »Wie hat er denn ahnen können, dass …«

»Nein, mit uns hat das nichts zu tun. Die Stiftungen dienten ein paar Nebengeschäften. Und die Konten hat Drago sozusagen auf Vorrat angelegt, für den Tag X, für die große Chance.«

»Ich nehme an, die Freunde des kroatischen Militärs und die Dombaumeister, ganz zu schweigen von den lieben Waisen, haben keine Ahnung?«

»Das ist ja der Sinn der Sache.«

40 Minuten später war Tonja an der Abzweigung nach Guguljak angelangt und trieb den Wagen die Serpentinen hoch.

»Dieser Drago ist ein waschechter Gauner«, murmelte Hans.

»Aber ein sehr tüchtiger.«

Sie passierten das totenstille Haus der Zwillinge, dann kam das »Fässchen« in Sicht, vor dem die zwei Alten saßen, schon wieder oder immer noch.

Tonja parkte den Wagen unter dem Walnussbaum vor der Schachtel. Während der Motor austuckerte, sagte Hans: »Fünf Millionen hat Drago bereits von uns bekommen. Was, wenn er zu der Meinung gelangt, 190 Millionen wären besser?«

10. Kapitel

Guguljak

»Er ist ein Ehrenmann, Hans«, konterte Tonja. Sie zog die Augenbrauen hoch. »Ich kenne ihn seit meiner Kindheit, wir haben schon Kirschen geklaut zusammen.«

Und ich habe mit Durstewitz manches Glas Tignanello geleert, dachte Hans, aber er sagte nichts.

Tonja fuhr fort: »Das ist jedoch alles nebensächlich, da ich ja zu Drago nach Triest fahre, um die alleinige Kontrolle über die Gelder zu bekommen.«

Hans stieg aus dem Wagen. »Ich weiß nicht …«

Tonja hievte die Reisetasche, die Tüte und die Olivetti aus dem Auto. »Ich musste schnell handeln, sehr schnell, und das Risiko eingehen, als plötzlich die Millionen auftauchten. Ohne Drago hätte ich das nie geschafft. Ich brauchte jemanden mit Mumm und am richtigen Schalthebel.«

»Und wenn er doch schwach werden sollte?«

Ihre Gesichtszüge wurden für einen Moment hart. »Ich weiß, wo er in Triest sein Nest hat. Ich würde ihm die Zwillinge samt ihrem T-55 auf den Hals hetzen.«

»Falls die nüchtern sind.«

»Schießen können die in jedem Zustand.« Tonja lächelte wieder, während sie beiläufig ins Haus schaute und sagte: »Vater ist wohl hinten bei seinem Gemüse. Machen wir, dass wir unseren Schatz schnell verstauen.«

Im Gästezimmer stellte Tonja die Tasche auf die Truhe und zog an den Reißverschlüssen. Da quoll es ihnen entgegen: 100- und 200-Euroscheine sowie 100-Dollarnoten, alle akkurat gebündelt in Banderolen. Aus der Lidl-Tüte holte Tonja kroatische Kuna. Hans erstarrte. Einen solchen Haufen Bargeld hatte er noch nie gesehen. Das alles war tatsächlich wahr.

Flüsternd vor sich hinzählend, überschlug Tonja die Summe. Sie schnalzte mit der Zunge. »Fünf Millionen, stimmt alles. Auf Drago ist Verlass, sage ich doch!« Sie drückte Hans ein Bündel in die Hand. »Das sind Kuna – unsere Landeswährung, eine sehr stabile übrigens. Einige kommen auf das Konto der *stari rokeri*. Tihomir soll sich ein Gewächshaus kaufen, das hat er sich schon lange gewünscht. Bei den Onkeln überlege ich noch – nicht, dass die alles ins ›Fässchen‹ tragen.«

Sie öffnete die leere Truhe, Staub wirbelte hoch.

»Die Tasche kommt erst mal hier unten rein. Mein Vater wird uns nicht hinterherschnüffeln, das ist nicht seine Art.«

Hans versuchte, sein Bündel, dick wie ein T-Bone-Steak, in den Hosentaschen unterzubringen. Tonja griff sich ebenfalls einen größeren Packen und stopfte die Scheine in eine Jacke und ihre Handtasche. Dann versenkte sie die immer noch prall gefüllte Reisetasche in der Tiefe der Truhe. Obenauf kamen Hans' Fotoalben, das Tagebuch, das Silberbesteck mit dem großmütterlichen Monogramm sowie Unterhosen und T-Shirts.

Hans holte die Gallé-Vase aus seinem Hebammenkoffer, hüllte sie sorgsam in mehrere Lagen Strümpfe und bettete sie auf dem guten Dutzend seiner Shorts zur Ruhe.

Tonja ließ die Klappe der Truhe mit einem lauten Knall zufallen.

Hans begann, sich in seinem neuen Reich einzurichten. Seine fünf Paar Schuhe inklusive Schuhspanner und die »Suche nach der verlorenen Zeit« kamen unters Bett. Die Oberhemden und die Hermès-Krawatten hängte er an Bügeln über die Stehlampe, Jacketts und Hosen in den Rahmen des einzigen Fensters, über das der Raum verfügte. Die Biedermeier-Reisebar stellte er in die letzte freie Ecke, die zwei leeren Koffer kopfüber als Nachttische neben das Bett.

Tonja war überrascht. »So gänzlich unpraktisch bist du ja gar nicht.«

Zu zweit konnten sie sich kaum drehen im Zimmer, und Hans fand, dass sein Lebensraum gegenüber Frankfurt enorm geschrumpft war. Mit hängenden Schultern blickte er um sich.

Tonja beruhigte ihn. »Ist doch nur für den Übergang, Liebster.«

»Ich bitte darum.« Hans öffnete sein Notebook, um es hochzufahren. Eine zarte Hand kam von hinten und zog es entschieden weg.

»Bist du verrückt? Wenn du mit dem ins Netz gehst, hinterlässt du sofort eine Spur, breiter als die eines Panzers im Tulpenbeet von Tihomir. Wenn du surfen möchtest, geh bitte ins ›Fässchen‹. Vergiss nicht, Bäumler, du bist verschwunden, es gibt dich nicht mehr.«

11. Kapitel

Guguljak

»*Žedan sam* – ich habe Durst.« Hans war erstaunt, wie rasch ihm die Sprache seiner neuen Heimat zuflog. Ganz allein war er gegen Mittag von der Schachtel zum »Fässchen« hinübergelaufen, hatte am Eingang den beiden Mumien einen Gruß entboten und stand nun an der Theke. Der Schrat blickte fragend von seiner *Sportske novosti* auf, Hans bat um einen *gemišt.* Er hatte für diesen Tag ein Outfit gewählt, das er für lässig hielt. Jeans, Segelschuhe und ein weißes T-Shirt aus hochfeiner Baumwolle. Ein wenig Anpassung an Guguljak, aber in Maßen.

Während der Schrat das Getränk mixte, machte Hans das V-Zeichen und deutete auf die Jukebox. »Beach Boys – ottschlitschno!«

Der Wirt lächelte verschämt.

Hans reichte eine Notiz von Tonja über die Theke. Darin bat sie den Wirt, Hans sein Notebook für ein paar Minuten zu überlassen.

Der Wirt erfüllte umgehend den Wunsch – von Beach Boy zu Beach Boy.

Žedan sam war zweifellos ein Schlüsselwort in Guguljak.

Am *Bisnissmän*-Tisch saßen acht Männer, schwer und schwammig, vor einer Runde *Karlovačko Pivo*. Tonjas

Onkel? Sie waren jedenfalls bester Laune und prosteten sich unentwegt zu. Aus einem Radio plärrte eine Art Volkslied mit balkanischer Klangfarbe und fräste sich Hans sirrend ins Gehirn. Er schaute wohl etwas schmerzverzerrt, denn der aufmerksame Wirt drehte das Radio leiser, zuckte entschuldigend mit den Schultern und meinte in gebrochenem Deutsch: »Nicht von hier, so singen die Bosnier.«

Hans widmete sich dem Notebook. Er gab die Suchbegriffe »200 Millionen«, »Concom-Bank« und seinen eigenen Namen ein. Doch im Netz herrschte Leere, was ihn betraf, nur die Website seines Geschäfts in der Altstadt tauchte auf. Er war fast ein wenig enttäuscht. Nahm ihn niemand ernst? Aber er glaubte zu fühlen, über die Alpen hinweg, dass im Frankfurter Hochhaus der Concom bereits zur Hatz geblasen wurde. Bisweilen war er an der Bankzentrale in der Taunusanlage vorbeigeschlendert, hatte den marmornen Eingang bewundert. Eigentlich war es *seine* Concom, die Eltern waren dort schon Kunden gewesen, und er hatte als 15-Jähriger dort sein erstes Sparbuch eröffnet. Man war verbunden durch ein Band der Sympathie. Später dann die Zusammenarbeit mit dem netten Herrn Nellessen, seinem Kundenberater in der Westend-Filiale. Ein wirklich mitfühlender Mensch, hatte gar versucht, ihn wegen Durstewitz zu trösten. Nur zuletzt, da waren die Briefe der Concom per Einschreiben und Rückschein nicht mehr so nett gewesen. Als sie vier Millionen Euro von ihm haben wollten. Nun waren es 204. Hans fröstelte.

Er verkniff sich ein zweites Glas und verließ das »Fässchen«, in dem die mutmaßlichen Onkel gerade zur nächsten Runde übergingen. Er durchquerte das Ortszentrum in eine neue Richtung, dorthin, wo er gestern am Horizont ein kleines Hochplateau entdeckt hatte.

»Von dort aus hast du einen herrlichen Blick ins Tal der Kupa«, hatte ihm Tonja gesagt, und Tihomir hatte ihm ein kleines Fernglas gegeben.

Tonja war überfällig. Sie müsste längst aus Triest zurück sein, dachte Hans, als er durch die Weinberge Richtung Plateau schritt. Gestern früh war sie losgefahren, um sich mit diesem Dr. Strozzi zu treffen. Kurz vor der Abfahrt war Mirko, der guguljakische Automann, erschienen. Missmutig hatte Hans dabei zugesehen, wie Mirko seinen alten Rechner aufschraubte, die Festplatte entfernte und an der Kante der Küchentür vierteilte. Das also war auch erledigt. Den Jaguar hatte Mirko bestimmt schon seines Nummernschilds und der Fahrgestellnummer beraubt und ihn umgelötet. Bald würde der Gefährte so vieler Jahre von irgendeinem Schmugglerfürsten im Kosovo herumkutschiert werden. Sein MK II würde sich dort nicht wohl fühlen. Hans liebte Dinge, auch sie hatten eine Seele für ihn. Er trauerte.

Aber Triest war jetzt wichtiger. »Tonja, mein Liebes, hättest du die Güte, mir endlich zu erklären, wer dieser Dr. Strozzi ist?«, hatte er sie gestern, noch bevor die Sonne aufging, gefragt.

»Entschuldigung, ich muss im Moment an so vieles denken. Also, den Dr. Strozzi …«

»Ja, mein Täubchen?«

»... den hat Drago ähnlich wie die Stiftungen ebenfalls auf Vorrat erschaffen. Unter diesem Namen führt er seit drei Jahren eine zweite Existenz in Triest. Dort kennt man ihn als den viel beschäftigen Anwalt Dr. Strozzi aus Milano, der ab und an im schönen alten Triest vorbeischaut. Nun wird er bald öfter dort sein, seine Nachbarn werden sich freuen.«

»Fällt er dort nicht als Fremder auf?«

»Keineswegs, wir sind in dieser Ecke ein richtiges Völkergemisch. Dragos Vater stammt aus Istrien, wo heute noch Italiener leben. Drago spricht die Sprache fließend.«

Jäh war in Hans die Eifersucht hochgekommen. »Ihr seid ja sehr vertraut miteinander. War da mal was?«

Tonja hatte gelacht. »Ganz sicher nicht. Gegen Enzo komme ich im Traum nicht an. Der ist 20 Jahre jung und hat eine Haut wie frische Ziegenmilch. Er hütet in Triest die gemeinsame Wohnung.«

Sie hatten zusammen gefrühstückt, danach war Mirko gekommen und hatte Hans' Laptop gevierteilt, anschließend war Tonja gefahren.

Hans machte sich Sorgen, eigentlich hatte sie spätestens um die Mittagszeit zurück sein wollen. Doch das stramme Gehen bergauf tat ihm gut und entspannte ihn. Nach einer halben Stunde erreichte er die Hochebene, ein duftendes Wiesenmeer, durchsetzt von vereinzelten knorrigen Obstbäumen. Er setzte sich an den Rand in die Gräser und ließ den Blick kreisen. Tonja hatte nicht übertrieben, die Aussicht war grandios.

Am Abend zuvor hatte Tonja angerufen, sie müsse die Nacht über in Triest bleiben, mache sich aber am nächsten Vormittag so schnell wie möglich auf den Weg. Inzwischen war es Nachmittag, keine Tonja, nirgends. Die milde Sonne umschmeichelte seine Haut, dennoch wurde das bohrende Gefühl im Bauch wieder stärker. Was, wenn sie nicht wiederkommt? Wenn sie sich mit meinen *Gäldern* ins Nirgendwo absetzt? Dann bleibe ich hier mit meinem kleinen Häuflein Kuna inmitten der Ziegen übrig, trinke mit Tihomir *turska kava* und komplettiere die Versammlung der beiden Alten vor dem »Fässchen«. In einem Land, dessen Sprache sieben Fälle hat. Hans zupfte ein paar Gräser aus dem trockenen Boden und wog sie in der Hand. Ich kenne Tonja gerade mal ein paar Monate, ich weiß eigentlich nichts über sie.

Hans knickte einen Grashalm, die Gedanken schossen wild durch seinen Kopf. Sie ist schon ein verwegenes Weib. Hält Vorschriften für eine Störung der Lebensqualität, liebt die krummen Wege, obwohl es geradeaus schneller ginge. Eine Trickserin, irgendwie zum Fürchten und doch so hinreißend. Tonja. *Bad woman*. Er seufzte – sie war sein Großer Preis, so eine würde nie wieder seinen Weg kreuzen.

Er warf die Grashalme hinter sich. Das Ganze war trotzdem Wahnsinn. Einfach von jetzt auf gleich raus aus der alten Existenz und im Sturzflug in eine neue. Aber nun war es passiert und er unterwegs in einem dünnwandigen Faltboot, stets bemüht, heil über die nächste Stromschnelle zu kommen.

Hans nahm das Fernglas und ließ den Blick über die Straße entlang der Kupa schweifen. Von hier oben aus konnte er sogar die kleine Abzweigung hoch nach Guguljak erkennen, wo sein Jaguar verendet war. In diesem Moment verließ ein schwarzer Van die Straße und fuhr zügig nach Guguljak hoch. Hans schluckte. Wenn das *sie* waren, Männer mit Sonnenbrillen und automatischen Waffen? Mit dem Auftrag, ihn an das nächste Scheunentor zu nageln und die 200 Millionen heimzuführen?

Hans schüttelte sich. Lächerlich, das waren die Nerven. Der Van war aus seinem Blickfeld verschwunden, aber Hans wurde die Unruhe nicht los. Es war alles zu viel. Er erhob sich von seinem Wiesenplatz.

20 Minuten später näherte er sich Tihomirs Haus. Er bog um die letzte Ecke und blieb erstarrt stehen – vor dem Häuschen parkte der schwarze Van. Hans verzog sich hinter den Walnussbaum. Ein dickbäuchiger Mann stieg gerade aus, mit Sonnenbrille und angetan mit einer Dreiviertelhose für Urlauber, die an ihm ganz besonders albern aussah. Eine tückische Verkleidung? Der Dicke klingelte an der Haustür, gleich darauf öffnete Tihomir. Die beiden sprachen kurz miteinander, dann bestieg der Dicke den Van, wendete ausholend auf dem Grundstück und fuhr zurück ins Dorf.

Es war ein Wagen aus Deutschland, wie Hans bemerkte. Er sah auch das Nummernschild, mit einem »W« am Anfang. Betont lässig löste er sich vom Walnussbaum und schlenderte in die Wohnküche.

Tihomir begrüßte ihn. »Hast du dich etwas umgeschaut? Du solltest mehr in die Sonne, siehst ja ganz blass aus.«

»Wer war das eben?«

Tihomir antwortete lächelnd: »Der? Ein Zahnarzt aus eurem Wuppertal. Hat sich verfahren.«

12. Kapitel

Guguljak

»Bäumler hatte Angst vor einem Zahnarzt. Das kann ich verstehen.« Tonja lachte schallend, als ihr Hans von der Dreiviertelhose aus Wuppertal erzählte. Sie lagen in der Jolle, angenehm müde von einer kurzen, gierigen Begegnung.

Spät am Abend hatte er das Brummen des altersschwachen Renaults gehört und war auf den Hof geeilt.

Tonja hatte erschöpft ausgesehen. »Tut mir leid, dass ich erst jetzt komme. Aber das ist ziemlich komplex mit unseren Millionen. Grüße von Drago übrigens.«

»Hat er sich von unserem Geld trennen können?«

Tonja hatte ihm über den Arm gestreichelt und erklärt: »*Polako,* langsam. Das Geld wird gerade auf rund 300 Plätze in ganz Italien verteilt, in ein paar tote Firmenmäntel gesteckt, in einen Briefkasten da, einen anderen dort. Dragos Mutter kriegt etwas, dazu sein Friseur, auch der Knabe mit der Milchhaut wird bedacht.«

Hans war hochgeschreckt. »Dragos Mutter? Und ein Friseur? Wieso das?«

»Es geht ja nur um ein paar Buchungstage«, hatte Tonja ihn beruhigt. »Sobald ich aus Hongkong zurück bin, fließt das Geld auf ein Konto. Und das gehört mir … also uns.«

»Ihr zerfieselt und verknotet die Zahlungsströme so, dass am Ende keiner mehr durchblickt?«

»Du hast es erfasst, Bäumler.«

Die Erklärung Tonjas war Hans logisch und sinnvoll erschienen, und er hatte sich beruhigt.

Jetzt allerdings fing sein Gehirn wieder an zu arbeiten. Er dachte an seine Hausbank. »Was die Concom jetzt wohl unternimmt?«

Tonja streckte sich wie eine Katze. »Das wird etwas dauern, bis deren Maschinerie in Gang gekommen ist. Aber sie werden nach dir suchen. 200 Millionen sind für die keine Peanuts. Und die Justiz wird sich natürlich auch für dich interessieren.« Sie küsste ihn. »Aber keine Bange, Drago und ich sorgen dafür, dass dir nichts passiert.« Tonja huschte aus dem Bett in Richtung Küche.

Hans richtete sich auf, als sie nach einer Weile mit zwei Gläsern *Dingač* zurückkehrte, sich auf die Bettkante setzte, ihm ein Weinglas in die Hand drückte und mit ihm anstieß. Sie warf ihre schwarze Mähne zurück, während Hans durchs Fenster in den nächtlichen Himmel starrte.

»An was denkst du?«, fragte Tonja und legte sich neben ihn.

»An Durstewitz.«

Sie stützte sich mit einem Arm hoch, nahm ihr Glas und trank einen Schluck. »Du hast nie viel darüber erzählen wollen.«

»Wir haben über Jahre gut zusammengearbeitet. Durstewitz die Finanzen, ich die Sache mit den schönen Dingen. Da gibt es nicht viel zu erzählen.«

»Und es gab nie Auffälligkeiten?«

»Eigentlich nicht. Wie ich schon sagte, hat er früher oft an der Börse spekuliert. Und er ging immer mal wieder in die Spielbank nach Bad Homburg. Aber das habe er im Griff, hat er mir versichert.«

»Das sagen sie alle.«

Finster blickte Hans in sein Glas. »Noch am Abend vor seinem Verschwinden war Friedbert bei mir im Westend, fröhlich und freundlich wie immer.«

Tonja lachte. »Klar war er fröhlich, da stand sein Entschluss bereits fest.«

Hans kroch die Wut in den Hals. Er krächzte: »Am nächsten Morgen hat er vier Millionen von unserem Konto abgeräumt. Er wusste, dass ich kein Kontrollfreak bin.«

Tonja prostete ihm zu. »Vergiss ihn, dein Friedbert ist Second Class, das war doch nur Klein-Klein. Du bist mit dem Fünfzigfachen verschwunden, das hat Format.«

Hans spürte zu seiner Überraschung so etwas wie verschämten Stolz. Er fragte: »Von dir weiß ich aber auch nur, dass du einfach so in mein Leben geschneit bist.«

Tonja ließ ihren Wein im Glas kreiseln. »Bereust du es?«

»Keine Sekunde.«

Lange schwieg sie, dann hob sie an: »Ich habe gleich nach dem Studium einen Job bei der Zagorska Banka in Zagreb gefunden. Anfangs gefiel es mir gut, zumal ich dort mit Drago einen alten Freund traf. Bald hatte ich von Berufs wegen mit den Privatisierungen zu tun, die die Bank begleitete. Ich war zwar voller Ideale, aber nicht blind. Ich sah, wie das Volksvermögen verscherbelt wurde. Ob Ölquellen oder Werften, überall hat die Nomenklatura aus sozialistischen Zeiten zugeschlagen und sich die Unternehmen zu Spottpreisen unter den Nagel gerissen. Als es mein Guguljak traf, habe ich versucht gegenzusteuern.«

Hans nickte. »Da warst du noch bei den Guten.«

»Nein, bei den Doofen.«

»Wie ging es weiter?«

»Als ich das Maul aufmachte, wurde ich rausgeschmissen. Ab da gingen meine Ideale und ich getrennte Wege.«

»Aber Drago blieb bei der Zagorska Banka. War der früher auch ein Guter?«

Auf Tonjas Wangen erschienen zwei Grübchen. »Drago war von Anfang an wie mein Lieblingsgetränk – *gemišt.*«

»Und dann?«

»Dann bin ich nach Frankfurt, ins Herz der deutschen Hochfinanz. Ein Start-up für eine neue Handelsplattform im Internet stellte mich ein. Ich wollte dabei sein, wenn der große Geldwagen Fahrt aufnimmt.«

»Klingt doch nicht schlecht.«

»Diese Start-ups klingen nie schlecht. Tolle Ideen, hippe Macher, Visionäre, wo man hinsieht. Und die ersten Millionen warten schon an der nächsten Ecke.«

»Tja, wie lief es denn?«

»Wie es bei neunkommaneun von zehn Start-ups läuft. Am Anfang großes Feldgeschrei, viel Presse, Hochglanzprospekte, Geraune über einen Börsengang, wichtige Meetings mit wichtigen Leuten, immer den Weltmarkt im Blick. Das erste Gehalt wird pünktlich bezahlt. Dann wird es unmerklich ruhiger, das nächste Gehalt kommt verspätet, das übernächste gar nicht mehr.« Sie schwieg eine Weile. »Und irgendwann verflüchtigt sich das Start-up wie ein verschämter kleiner Furz.«

Hans musste lachen.

Sie stieß ihn in die Seite. »Ich hatte es mit Träumern zu tun und zwar in deinem Deutschland – Narren gibt es nicht nur in Guguljak. Das Ganze war ein Wolkenkuckucksheim, auf Sand gebaut und mit Heißluft betrieben.« Sie seufzte. »Und so bin ich als Aktenmaus bei einer Anwaltskanzlei gelandet. Keine Visionen mehr, aber wenigstens zu jedem Ersten etwas Geld.«

Hans nahm Tonja in den Arm. »Und dann kam ich, der Mann mit den 200 Millionen.«

13. Kapitel

Guguljak

»Jetzt bringen wir die Zwillinge auf Trab.« Gleich nach dem Frühstück startete Tonja den Renault, Hans durfte mit. Sie schoss durch das Dorfzentrum und kam nach einer Minute vor dem Haus am Ortseingang schleudernd zum Stehen. Die Ratte sprang in den Brunnen, der Kater fegte um eine Ecke. Mit einem Satz setzte Tonja über die geplatzten Müllsäcke hinweg und stürmte ins Haus, Hans gemessenen Schrittes hinterher.

Sie betraten eine vermüllte Wohnküche mit einem zerkratzten Resopaltisch, an dem Slavko und Branko in Unterhemd und Jogginghose hockten, zwei halb volle Gläser vor sich. Ein schmutziggraues Huhn stakste über den Tisch. Der Raum roch wie ungewaschene Achseln.

»Tonja?«, riefen beiden unisono. Sie erhoben sich. Zwei Bullen Mitte 40. Auf den ersten Blick Kampfpanzerkommandantengesichter.

Doch Hans registrierte die fettigen Haare, die Siebentagebärte, die wässrigen Augen und rot geäderten Nasen, die qualligen Bäuche und die kraftlos herunterbaumelnden Arme. Vor diesen beiden würden die Serben sicher nicht noch mal weglaufen.

Es waren eineiige Zwillinge, nicht zu unterscheiden. Hans schaute ratlos hin und her. Bei einem entdeckte er eine lange Narbe, die sich über den linken Handballen zog. »Vom Krieg?«, fragte er Tonja.

»Nein, Slavko ist auf eine Flasche gefallen.« Tonja trat an den Tisch. Die Bullen nahmen Haltung an. Sie verfiel in ein Kroatisch, das er so schneidend noch nie gehört hatte. Sie fegte ein paar ölige Pizzastücke vom Tisch, brachte die Gläser zur überquellenden Spüle und schüttete sie aus. Demonstrativ hielt sie einen schimmligen Teller hoch. Mit spitzen Fingern öffnete sie einen Abfalleimer und rollte mit den Augen. Sie riss eine Tür auf, schaute ins Nachbarzimmer, prallte vor dem Anblick zurück und wurde noch wütender. Sie öffnete ein Fenster, ging zurück zum Tisch, packte das Huhn und warf es hinaus. Während es draußen empört gackerte, blickten die Bullen betreten zu Boden. Schwer atmend ließ sich Tonja am Tisch nieder.

Hans fragte leise: »Was hast du denen gesagt?«

»Dass sie eine Schande für Guguljak sind, diese *papučari.*«

»Diese was?«

»Schlappeier, wie ihr bei euch sagt.«

»Weicheier, mein Täubchen. Oder Schlappschwänze.«

»Genau. Und damit ist jetzt Schluss.« Tonja zog ein dünnes Bündel Kuna aus ihrer Hosentasche und reichte es den beiden. Wieder wechselten die drei ein paar hastige Sätze, die Zwillinge nickten eilfertig. Slavko trottete zur Spüle und öffnete den Wasserhahn, Branko zog eine Art Mopp aus dem Müll und fing unbeholfen an, den Boden zu wischen.

Hans staunte. »Wie hast du die denn aufgezogen?«

»Ich habe ihnen 1.000 Kuna gegeben, damit sie hier klar Schiff machen. Sind so 150 Euro.«

»Du gibst ihnen Geld, damit sie ihr eigenes Haus in Ordnung bringen?«

Sie lächelte. »Sie kriegen noch mal dieselbe Summe, wenn alles zu meiner Zufriedenheit erledigt ist. Und nur, wenn sie nüchtern sind.«

Tonja ging ins Nebenzimmer und kam mit zwei Gewehren zurück. »Wenigstens die sind gut gepflegt«, sagte sie und brachte nacheinander beide Richtung Decke in Anschlag.

Die Zwillinge freuten sich, der mit der Narbe zeigte in den Garten und machte mit einer Gebärde den Vorschlag, ob man nicht ein kleines Wettschießen …

Tonja schüttelte den Kopf und verabschiedete sich. Hans nickte den Zwillingen kurz zu und eilte hinter Tonja her zum Auto.

Auf der Rückfahrt meinte Hans: »Denen hast du aber Beine gemacht.«

Tonja sog den Fahrtwind durch ihre Nase ein. »Ich hoffe es. Wir müssen Struktur in ihre Tage bringen, dann werden sie vielleicht wieder die Alten. Wir können sie gut gebrauchen. Vor allem in Opatija.«

14. Kapitel

Frankfurt am Main

Missmutig blickte Johannes Gutjahr durch die Fensterfront seines Büros hinaus in den Regen, der in feinen Fäden auf die Taunusanlage im Frankfurter Bankenviertel niederging. Es war 11 Uhr. Durch den nassen Schleier hindurch waren die Doppeltürme der Nummer eins einige Hundert Meter entfernt immer noch gut zu erkennen. Wie stolz sie da standen, um einiges mächtiger als das Hochhaus der Concom-Bank. Gutjahr konnte sich daran erinnern, wie die Concom als Nummer zwei in den Startblöcken gelauert hatte. Inzwischen war sie längst abgehängt. Doch auch die Nummer eins hatte ihre Probleme. Gutjahr fiel ein – und es bereitete ihm ein durchaus behagliches Gefühl –, wie in den Doppeltürmen der Staatsanwalt ein- und ausgegangen war. So war das eben mit risikoreichen Geschäften. Aber sie war die Nummer eins geblieben, die einzige deutsche Bank von internationalem Rang.

Unwillkürlich richtete sich sein Blick an die Decke, er dachte an den Concom-Vorstand eine Etage über ihm: Da saß die *next generation*, lauter junge Leute, smart und rücksichtslos, mit Brenner an der Spitze. Die dort oben setzten wie früher die Nummer eins auch auf Risiko. Er hatte stets für das klassische Geschäft plädiert, für die Pflege der Privatkunden, für die Begleitung seriöser Unternehmen. Deshalb galt er als oldschool, deshalb war er nur Direktor und deshalb saßen die anderen eine Etage höher.

Vor drei Tagen hatte Gutjahr seinen 50. Geburtstag gefeiert, in der trüben Gewissheit, dass er beruflich erreicht hatte, was zu erreichen war. Er seufzte und rückte seinen karierten Schreibblock vor dem PC gerade. In fünf Minuten würde Nellessen kommen, er hatte sich überraschend angekündigt. Am Telefon hatte er aufgeregt geklungen. Der Filialleiter aus dem Westend war ein braver Mann, von begrenztem Potenzial, aber immer für ein humorvolles Gespräch gut.

Gutjahr leitete die Abteilung für Not leidende Kredite, und ihm war etwas fad zumute. Wenn ein Kunde ins Wanken geriet, war der Exitus meist nicht fern, die Concom-Bank machte dann die Sterbebegleitung und sicherte sich das karge Erbe. Oft kam er sich vor wie der Chef des hauseigenen Beerdigungsinstituts. Ein farbiger Tupfer könnte jetzt nicht schaden.

Gutjahrs Sekretärin meldete sich. »Herr Nellessen ist da.«

»Ich darf bitten.«

Nellessen erschien mit hochrotem Kopf in der Tür – sicher nicht, um Witze zu erzählen. Fahrig schwenkte er ein Bündel Ausdrucke. »Also, mit dem Hans Bäumler, diesem Antiquitätenhändler aus der Altstadt, Sie wissen schon …«, sprudelte es aus ihm heraus.

»Nun nehmen Sie doch erst mal Platz, lieber Herr Nellessen.«

Nellessen zog sich einen Stuhl von der Besprechungsecke heran und ließ sich vor Gutjahrs Schreibtisch nieder. Er holte tief Luft und fuhr fort: »Wir haben eine Forderung von vier Millionen an Herrn Bäumler …«

Gutjahr nickte. »Ich weiß, er hat noch ein paar Tage Zeit. Ich kenne ihn zwar nicht persönlich, aber irgendwie tut er mir leid. Wurde von seinem Partner, diesem Durstewitz, hintergangen, wenn ich mich recht erinnere. Hat sich etwas Aktuelles ergeben?«

Nellessen nickte ebenfalls. »Kann man so sagen. Bäumler steht aktuell bei uns nicht mit vier, sondern mit 204 Millionen im Soll.«

Gutjahr schnellte in seinem Stuhl nach vorn. »Wie bitte?«

Umständlich versuchte Nellessen, sein Papierbündel auf Kante zu legen, ein paar Blätter segelten zu Boden. Er bückte sich ächzend, um sie wieder einzusammeln.

In Gutjahrs Bauch begann es zu brodeln.

Endlich sagte Nellessen: »Tja, Hans Bäumler hat knapp 200 Millionen von seinem Konto nach Zagreb transferiert. 200.000 sind noch drauf. Als ob er uns ein Trinkgeld spendieren wollte.«

Gutjahr fragte heiser: »Und woher hatte er die 200 Millionen?«

Nellessen nuschelte: »Von uns.«

Gutjahr erhob sich und holte zwei Cognacschwenker aus dem Büffet links vom Schreibtisch. Er schenkte großzügig ein und reichte Nellessen ein Glas. »Bitte die ganze Geschichte von Anfang an.«

Nellessen nippte an dem Cognac und flüchtete sich in eine Art Schluckauf. Dann begann er stockend, Bericht zu erstatten. Die Millionen seien irrtümlich auf dem Konto von Hans Bäumler gelandet, offenbar der Zahlendreher einer übermüdeten Sachbearbeiterin bei der Phoenix Ltd., der Concom-Tochter in Dublin. Nellessen steuerte auf die Pointe zu. »Kaum waren die Millionen auf dem Konto, haben sie sich schon wieder in Luft aufgelöst. Sehr professionell gemacht, als ob Bäumler geahnt hätte, dass an genau diesem Tag, zu genau dieser Stunde eine große Bescherung auf ihn wartete.«

Gutjahr rieb sich die Nase. »Eigentlich hätte ich eher auf Durstewitz als Akteur getippt.«

Nellessen pflichtete ihm bei. »Dachte ich auch im ersten Schreck. Aber Durstewitz hat seit dem Vorfall damals gar keinen Kontozugang mehr.«

Gutjahr pfiff durch die Zähne. »Großartig. Für wen war die Zahlung tatsächlich gedacht?«

Nellessen überflog seine Papiere. »Eine Maschinenbaufirma im Schwarzwald, ein langjähriger Kunde, sehr, sehr solide. Die Sachbearbeiterin hat sich übrigens krank gemeldet, sie ist völlig fertig. Hätte ich auch gemacht in ihrer Situation.«

Gutjahr schnaufte. »Ich habe immer gesagt, wir dürfen die Mitarbeiter nicht überfordern. Bei diesen Akkord-Überweisungen war es nur eine Frage der Zeit, dass es zu einem solchen Fehler kommt. 200 Millionen sind keine Kleinigkeit. Was sagt denn der gute Herr Bäumler dazu?«

»Gar nichts. Ich erreiche ihn nicht – nicht per Telefon, nicht per Mail. Er ist auch nicht in seinem Laden oder zu Hause. Er ist verschwunden. Von ›spurlos verschwunden‹ zu sprechen, wäre verfrüht.«

Gutjahr schüttelte den Kopf. »Und vor einer Minute hat mir dieser Bäumler noch leidgetan. Sie kennen ihn ja persönlich. Was ist er für ein Mensch?«

»Eigentlich ein treuer Kunde seit über 25 Jahren. Nie Auffälligkeiten bis zu dem Problem mit seinem Partner. Bäumler ist zuvorkommend, korrekt und kultiviert, er liebt das Schöne. Von seinen besten Stücken hat er sich nur ungern getrennt. Kein kühler Kaufmann, eher ein Ästhet, etwas verträumt. Dachte ich jedenfalls.«

»Hat er denn Bezüge zu Kroatien?«

»Geschäftlich hatte er nie mit diesem Land zu tun, das wäre mir bekannt. Wir wissen nur, dass unser Geld in drei Tranchen bei der Zagorska Banka einging und Minuten danach auf verschiedene kroatische Stiftungen verteilt wurde. Bäumler muss einen Helfer bei der

Zagorska gehabt haben, der ebenfalls von der Bildfläche verschwunden ist. Denen in Zagreb ist das natürlich oberpeinlich.«

Gutjahr fragte: »Irgendeine Chance, dass wir die Gelder blockieren können?«

Nellessen verzog den Mund. »Keine Chance, die Millionen wurden bei der Zagorska Banka final gutgeschrieben und waren damit außerhalb unserer Reichweite. Es wird dauern, ehe wir an die Stiftungen herankommen, und ich fürchte, dass sie sich als leere Hülsen erweisen werden. Der Coup war brillant eingefädelt. Bäumler muss eine schon vorhandene Struktur genutzt haben, die wir noch nicht durchschauen. Das Geld ist jedenfalls erst mal weg.«

Gutjahr fing an, sich auf dem Schreibblock Notizen zu machen. »Da habe ich Herrn Brenner einiges vorzutragen. Ihr verträumter Antiquitätenhändler entwickelt eine sehr zielgerichtete Energie. Aber wir sind auch nicht von gestern, der Gute wird sich noch wundern.«

15. Kapitel

Guguljak

»Ich darf dir vorstellen – Hrvoje, Igor, Ivan, Jerko, Luka, Mario, Mladen und Vedran.« Tonja machte es wie bei einem Appell.

Nacheinander gaben die Onkel Hans brav die Hand. Er erkannte sie wieder, es waren die Vormittagszecher aus dem »Fässchen«. Gestern Abend hatten sie dort auch getagt, offenbar wohnten sie in der Kneipe.

»Oh Gott, wie soll ich mir die alle merken?«

»Nenn sie alle einfach *strici*, also Onkel – *nema problema*«, sagte Tonja.

Nema problema, kein Problem – auch so ein kroatisches Schlüsselwort, das Hans längst dankbar inhaliert hatte.

Die *strici* eins bis acht sahen zerknittert aus, ihre Schultern hingen schräg in den klobigen Feiertagsanzügen.

Tonja murmelte: »Wie die *crnogorci.*«

»Die was?«

»Die Montenegriner. Die sind immer müde. Wir sagen, dass jeder Montenegriner neben seinem Bett einen Stuhl stehen hat. Damit er sich nach dem Aufstehen vom Aufstehen ausruhen kann.«

Es war 11 Uhr, sie standen, unweit von Tihomirs Häuschen, im Hof eines schmucken Anwesens in

Guguljak. Sie waren mit dem Renault vorgefahren, an dessen Motorhaube rote und blaue Luftballons und Girlanden befestigt waren. Während der gerade mal 500 Meter langen Fahrt hatte Tonja unablässig gehupt und in die Gegend gewinkt, Vater Tihomir hatte auf der Rückbank seinen Bass umarmt und ein Lied gesummt. Sie hatten sich in die Schwärme von Autos eingereiht, die von überall her über die Hügel herbeigekrochen waren.

Immer mehr Gäste kamen nun an und begrüßten sich. Hans stand etwas abseits, während Tonja mit den Ankommenden sprach. Der Himmel war kobaltblau, die Sonne strahlte, ein leichter Wind fächelte seine Haut. Hans war guter Laune. Übermorgen flog Tonja nach Hongkong, um dort eine sichere Heimat für seine *Gälder* zu gründen. Danach würde es bald aus den vielen italienischen Quellen zu tröpfeln beginnen, das Ganze würde zu einem brausenden Zahlungsstrom anschwellen. Dragos Briefkästen würden sich leeren, dessen Mutter würde zahlen und auch dieser Friseur. Genussvoll malte sich Hans aus, wie sich ab dann seine *Gälder* im Verborgenen vermehrten, wie sie wucherten wie eine ganze Plantage von Tropenpflanzen. Zwei, drei Jahre vielleicht und es wäre genug da, um der Concom-Bank ein unverhofftes Geschenk zu machen. Die würde sich freuen und ihn wieder ins Herz schließen. Auch die Justiz ließe sich irgendwie besänftigen bei der Rückkehr nach Deutschland, das wäre doch gelacht. Und am Ende blieben noch ein paar Milliönchen für Tonja und ihn übrig, wunderbar.

In der milden Wärme dieses Samstags verflüchtigten sich seine Sorgen. *Nema problema.*

»Heute erlebst du eine typisch kroatische Hochzeit«, hatte Tonja Hans beim Aufstehen prophezeit. Sie hatte sich in ein schickes blaues Kostüm geworfen, in dem sie so vertrauenswürdig aussah wie die Leiterin eines Mädcheninternats. Hans hatte seinen einzigen dunklen Anzug, der mitgeflüchtet war, gewählt. Dazu ein weißes Hemd und seine Lieblingskrawatte, die rote von Hermès mit den kleinen Elefanten.

Der Bräutigam stand in der offenen Tür des Hauses zum Hof und hieß die Gäste, deren Zahl von Minute zu Minute anschwoll, willkommen. Einladend wies er auf die festlich gedeckten Tische, die im Hof aufgestellt waren, umgeben von farbenfroh quellenden Blumenkübeln. Der Duft von frisch Gegrilltem hing in der Luft, fröhliches Geschnatter und Gelächter waren zu hören.

Obwohl es noch nicht Mittag war, verspürte Hans Appetit. Zufrieden beobachtete er, wie die ersten Schüsseln und Teller aufgetragen wurden. Tonja kam auf ihn zu und gemeinsam nahmen sie an einem der Tische Platz.

Es gab Rindfleischsuppe, eine Art Krautwickel namens *Sarma*, Lamm und Spanferkel vom Spieß, Salate, Weißwein und Mineralwasser. Hans langte kräftig zu.

»Vorsicht, es gibt heute noch mehr, viel mehr«, warnte ihn Tonja.

»Wo ist eigentlich die Braut?«, wollte Hans wissen. Er hatte seit ihrer Ankunft vergeblich nach der Braut Ausschau gehalten.

»Die wartet ein Dorf weiter, da fahren wir nachher hin.«

Die *stari rokeri* hatten ihr überschaubares Equipment aufgebaut und begannen zu spielen – Vater Tihomir am Bass und seine drei Mitstreiter an Akkordeon, Gitarre und Violine. Tonjas Bein wippte im Takt mit. Die allen bekannten Volkslieder entfalteten ihre Wirkung.

Der Hof war mittlerweile überfüllt, und Tonja schätzte erfreut: »So an die 100 Leute, das ist ganz ordentlich.«

Hans fühlte sich beschwingt und einigermaßen angenommen – ein Guguljakaner in spe. Der Bräutigam kam extra an ihren Tisch, um ihn zu begrüßen, auch der Wirt vom »Fässchen« machte seine Aufwartung. Hans spürte, wie ihn neugierige Blicke streiften. Für wen sie ihn wohl hielten? Für einen deutschen *Bisnissmän*, mit dem eine der Ihren das große Los gezogen hatte?

Hans hing noch seinen Gedanken nach, als ihn Tonja liebevoll in die Seite stieß. »Los geht's.«

Sie stiegen in den Renault, und die Wagenkolonne fuhr über drei Hügel ins Nachbardorf, wo alle erneut einen Hof betraten.

»Jetzt beginnt das Feilschen um die Braut, wie wir das nennen«, sagte Tonja.

Die Gäste versammelten sich vor dem Hauseingang, die Tür öffnete sich. Ein älterer Herr, offensichtlich der Brautvater, zeigte sich auf der Schwelle.

Ein Freund des Bräutigams trat vor die Menge. »Wir haben gehört, dass hier eine schöne Braut wartet«, sagte er.

Der Vater ließ sich zu einem kurzen Nicken herab und gab die Tür frei für einen korpulenten Vollbartträger, der sein Haupt halb mit einem weißen Bettlaken verhüllte und nun aus dem Haus trat.

Das Publikum stöhnte: »Oh nein, die da auf keinen Fall!«

Der Brautvater rief etwas in die Wohnung, und eine zweite Gestalt tauchte auf, ein Mütterchen, nett anzuschauen, aber deutlich über 70.

»Nein, die auch nicht!«, schallte es über den Hof.

Schließlich trat eine hübsche junge Frau in Hochzeitsweiß durch die Tür.

»Jaaa, die!«

Sie fiel dem Bräutigam in die Arme, beide strahlten.

Die *stari rokeri* traktierten ihre Instrumente, und der Brautvater bat an die Tische im Innenhof. Die Speisen wurden gebracht. Genau dieselben wie beim Bräutigam: Rindfleischsuppe, Krautwickel, Lamm und Spanferkel, dazu Salate. Weißwein und Mineralwasser wurden ausgeschenkt.

Hans hatte immer noch Appetit. Er widmete sich seinem Lieblingsgetränk *gemišt*, das man anscheinend kübelweise trinken konnte.

Gegen Nachmittag überfiel ihn das Bedürfnis älterer Herren nach einem kurzen Nickerchen.

»Nichts da«, sagte Tonja und schob ihn wieder ins Auto. »Ab in die Kirche. Ist nur zweimal um die Ecke.«

Die Trauung wurde von einem Pfarrer mit roter Knollennase vollzogen, dessen trainierte Predigerstimme immerhin so weit trug, dass sie Hans wach hielt. Er hatte genug gefeiert und freute sich auf die Rückkehr in Tihomirs Häuschen.

Doch kaum hatten sie die Kirche verlassen, kündigte Tonja an: »So, jetzt geht es endlich richtig los.«

Während der Renault ein malerisch am Ufer der Kupa gelegenes Restaurant im Tal ansteuerte, ergab sich Hans seinem Schicksal.

Im Restaurant angekommen, wurde erneut festlich gespeist. Es gab – wer hätte es gedacht – Rindfleischsuppe, *Sarma*, Lamm und Spanferkel vom Spieß, dazu Salate, Weißwein und Mineralwasser.

Hans kam sich mittlerweile selbst wie ein Spanferkel vor, auch der Wein tat seine Wirkung.

Die Tische im Restaurant markierten das rettende Ufer einer wogenden Tanzfläche, die Tonja gar nicht mehr verlassen wollte. Sie sprühte vor Energie, tanzte, aß, trank, tanzte, trank und tanzte wieder. Die *stari rokeri* legten einen Zahn zu, sie zelebrierten jetzt eine Art »Croatian Pop«.

Hans war ein schlechter Tänzer, ungelenk absolvierte er ein paar Pflichtnummern. Dafür liefen die Onkel zu großer Form auf, je mehr sich die Nacht über das Fest senkte.

Ab und zu stahl Hans sich davon, ans Ufer der Kupa, die dunkel und träge an ihm vorbeizog. Vom Restaurant her wehten die Klangfetzen der Kapelle herüber, die Stimmen, das Gelächter, das Klirren der Gläser. Er lag im Gras der Uferböschung und träumte von Opatija. Frankfurt war weit weg. Was waren schon zwei, drei Jahre in Kroatien – ein langer, langer Urlaub. Opatija, das war ihr nächster Wohnsitz, wie ihm Tonja vorgeschlagen hatte. Der mondäne k. u. k. Badeort an der Adria, die alte Schöne, die gerade ihre Wiedergeburt erlebte.

Punkt Mitternacht wurde Gulaschsuppe serviert, gegen 2 Uhr fragte Hans zaghaft, wann man denn nach Hause …

Tonja lachte. »Wir sind mittendrin in der Feier!«

Um 3 Uhr bildete sich vor dem zentralen Tisch, an dem das Brautpaar saß, eine lange Schlange. Die *stari rokeri* spielten einen Tusch, und die Gäste überreichten dem Paar ihre geschlossenen Umschläge.

»Wir schenken zur Hochzeit immer Geld«, erklärte Tonja.

»Wie viel gibt man denn so?«

»Die Eltern und Schwiegereltern am meisten, dann die nahen Verwandten, dann die entfernteren Verwandten, dann die Freunde. Aber jeder gibt viel, auch wenn er wenig hat. Und wenn es ein ganzes Monatseinkommen ist, da kennen wir nichts.«

Hans war beeindruckt. Tonjas Umschlag war besonders dick.

Es war gegen 6 Uhr, die Sonne erhob sich schon wieder über den Horizont, als das Fest langsam erlosch. Die *stari rokeri* spielten *»Sijem žito«*, ein weiches, wehmütiges Hochzeitslied.

Tonja legte mit einem Onkel einen letzten Tanz hin, danach ließ sie sich auf einen Stuhl sinken. Sie winkte Hans, der sich an der Theke an seinen fünften Kaffee klammerte, mit dem Autoschlüssel. »Jetzt bist du dran.«

Hans mobilisierte seine Restkräfte und stopfte Tonja, Tihomir und den Bass in den Renault. Der Vater war todmüde vom Spielen, hatte aber klare Augen. Er trank keinen Alkohol, das wusste Hans.

»Tihomir hat sein Lebensfass früh ausgetrunken – seit zwölf Jahren keinen Tropfen mehr. Gut so. Seitdem hat er nie versucht, sich den Führerschein zurückzuholen«, hatte Tonja gesagt.

Hans startete, Tonja dirigierte ihn. Hans fuhr ein wenig nach Gehör, touchierte da und dort zart einen Strauch oder Baum, lavierte sich irgendwie durch die Hügel und Sträßchen bis hin zur Schachtel, wo sie erschöpft ins Bett fielen.

Gegen 13 Uhr erwachte er in der Jolle. Nie wieder Spanferkel, war der erste Gedanke. Außerdem hatte er einen mächtigen Kater. Neben ihm lag Tonja, die noch schlief. Ihre Brust hob und senkte sich gleichmäßig, begleitet von einem leisen Schnorcheln. Er war sogar in das Schnorcheln verliebt und streichelte ihren Kopf, ehe er in die Dusche verschwand.

Als er zurückkam, blickte sie ihn verschmitzt an. In Hans erwachte die postalkoholische Begierde. Sie sah es und fragte: »Haben wir schmutzige Gedanken?«

»Sehr schmutzige.«

Hans wollte sich zu ihr in die Jolle werfen, doch sie entzog sich ihm, stand auf und lockte ihn aus dem Haus, hin zum weichen, mittagswarmen Gras unter dem Walnussbaum.

»Hier? Was ist mit deinem Vater?«

»Der ist gerade nach Zagreb gefahren, er kann es kaum erwarten, sich ein Gewächshaus anzuschauen.«

»Und wenn sonst jemand kommt?«

Sie küsste ihn und zog ihn nach unten ins Gras. »Soll er doch zugucken, er wird neidisch sein.«

Bevor sie später eng umschlungen im Schatten des Walnussbaums einschliefen, fühlte Hans vollkommenes Glück. Der Sex allein würde nicht ewig tragen. Aber das mit Tonja, das war mehr, viel mehr.

16. Kapitel

Frankfurt am Main

In Johannes Gutjahr gärte es. Brenner ließ ihn warten, dabei hatte er den Gesprächstermin am Morgen als »dringlich« angemeldet. Aber das gehörte zu den feinen Signalen, mit denen sein Wert eine Etage höher eingestuft wurde.

Endlich, gegen 18 Uhr, hatte der Vorstandsvorsitzende Zeit für ihn. Das Büro war doppelt so groß wie seines, puristisch-teuer möbliert, ganz der Rahmen für kühle Hochleistung. Die Fenster reichten bis zum Boden, eröffneten einen überwältigenden Blick auf die Bankentürme und den Taunus am Horizont. Gebärdenstarke, abstrakte Kunst deflorierte die weißen Wände, an der Tür zum Privatbad stand ein Rennrad, eine dieser 27-Gang-Ikonen.

Als Gutjahr sich vor dem gläsernen Schreibtisch platzierte, fiel ihm wie immer, wenn er hier war, das großformatige Foto an der Wand hinter Brenner ins Auge. Es zeigte Brenner beim Zieleinlauf des New-York-City-Marathons. Unten rechts wie eine digitale Signatur: 3 h 03 min. Nicht schlecht für einen 43-Jährigen. Aber vielleicht hatte er zwischendurch die U-Bahn genommen? Zuzutrauen wäre es ihm. Straff und sehnig sah er aus in dem schmal geschnittenen Anzug, die frische Gesichtsfarbe passte gut zu den grauen Augen, zu den kurzen schwarzen Haaren, dem energischen Kinn. Gutjahr fuhr sich unwillkürlich über seinen Bauch, fühlte das mürbe Fleisch unterm Hemd. Er schwor sich wieder einmal, Sport zu treiben. Vor zehn Jahren war dieser Brenner zur Concom gekommen, vor vier Jahren war er an ihm vorbei zum Vorstand befördert worden.

»Ich habe fünf Minuten, was gibt es bei Ihnen denn so Dringliches?«

Gutjahr reichte ihm ein einseitiges Memo mit den Basisfakten zur Sache Hans Bäumler. »Das da.«

Brenner las und erbleichte. »Und damit kommen Sie jetzt, erst jetzt?«

»Ihrem Büro habe ich seit heute früh ab 7 Uhr zu verdeutlichen versucht, dass ich Sie dringend sprechen muss. Meine kommunikativen Fähigkeiten waren wohl unzureichend«, flötete Gutjahr. Er genoss seinen kleinen Sieg.

Brenner schob das Memo angeekelt von sich, Zeige- und Mittelfinger seiner rechten Hand traktierten den Schreibtisch mit einem Trommelwirbel. Er streifte Gutjahr mit einem Blick, als ob der die 200 Millionen verschoben hätte.

»Und nun?«

Gutjahr räusperte sich. »Zunächst muss der Kunde, für den die Zahlung gedacht war, sie auch erhalten. Das läuft wohl über die Phoenix, zu der ich allerdings keinen Zugang habe. Es sei denn –«

»Die Phoenix berichtet allein an mich, darum müssen Sie sich nicht kümmern«, unterbrach Brenner ihn. Seine Gesichtsfarbe nahm nun ein dunkles Rot an. Ein Opfer musste her und zwar rasch. »Erst einmal werfen wir diese Frau – wie heißt sie noch gleich? Na ja, auch egal. Die werfen wir raus. Das ist ja unfassbar. Jetzt haben wir uns in den letzten Jahren gerade mühsam erholt und dann das.«

Gutjahr flötete erneut: »Rauswerfen geht nicht. Die Arbeitsgerichte haben sich in Vergleichsfällen sehr sperrig verhalten. Eine Abmahnung ist das Höchste.«

Brenner rollte mit den Augen. »›Geht nicht‹ kommt in meinem Sprachschatz nicht vor.« Er seufzte. »Also, wie ist der aktuelle Stand?«

»Unser Hans Bäumler ist verschwunden, wahrscheinlich ins Ausland. Die Spur des Geldes verliert sich in den kroatischen Stiftungen.«

»Haben wir wenigstens dort die Hand drauf?«

»So einfach funktioniert das nicht, obwohl die Zagorska Banka sehr kooperativ ist. Ich weiß seit heute Mittag, dass die Konten der Stiftungen ebenfalls leer sind. Falls es überhaupt Stiftungen sind.«

Brenner kratzte sich an der Nasenwurzel und studierte erneut das Memo. »Dieser Bäumler ist ein raffinierter Hund. Muss Helfer in Kroatien haben.«

Gutjahr nickte. »Er hat ein professionelles Netzwerk. Darum empfehle ich höchste Eile. Bis wir rechtskräftige Forderungstitel gegen ihn in der Hand haben, bis überhaupt die Justiz in die Gänge kommt, können Monate vergehen. Die entsprechenden formalen Schritte habe ich zusammen mit der Rechtsabteilung eingeleitet, aber wir sollten außerdem auf einer parallelen Ebene aktiv werden.«

»Und die wäre?«

»Wir engagieren eine Detektei.«

Brenner verzog die Lippen. »Versoffene Ex-Polizisten in billigen Lederjacken, die Seitensprünge fotografieren?«

»Nein, ich habe ein Team auf höchstem Niveau im Auge. Global operierend. Die haben schon so manchen gefunden, der nicht gefunden werden wollte.«

Brenner vertiefte sich wieder in das Memo.

Gutjahr schien es, als ob ihn irgendetwas irritierte.

Lange schwieg Brenner, dann sagte er leise: »Nun gut, machen Sie mal.«

Gutjahr verließ das Büro und wunderte sich. So tantenhaft zögerlich kannte er den Herrn Vorstandsvorsitzenden gar nicht. Er war dennoch beschwingt. Endlich gab es etwas Spannendes zu tun. Und den Bäumler, den würde er kriegen.

17. Kapitel

Guguljak

Hans war verzaubert. Er blätterte in dem Bildband, den Tonja gestern aus Zagreb mitgebracht hatte. Er konnte sich nicht sattsehen an den Fotos von der Promenade am Meer, von den farbenfrohen Gründerzeit- und Jugendstilvillen. Sein Blick glitt über die Fassaden der Grandhotels, die sich aneinanderreihten. Das also war Opatija, seine zukünftige Heimat.

Tonja hatte prophezeit: »Opatija wird dir gefallen, der ganze Ort ist eine kostbare Antiquität.«

Dort würden sie sich bald niederlassen, Hans konnte es kaum erwarten. Zwei Stunden mit dem Auto Richtung Süden, vorbei an Rijeka Richtung Istrien, und schon wären sie in der Kvarner Bucht und in Opatija. Doch, doch, das war entschieden besser als das »Fässchen« und die Schachtel.

In der hockte Hans gerade, in der Küche unter der müden Holzuhr. Er war allein, Tihomir wuselte in seinem neuen Gewächshaus, Tonja und Drago beredeten irgendwo draußen ihre *Gäschäfte*.

Tonja war seit einer Woche aus Hongkong zurück, wo ihr ein freundlicher Dienstleister namens Hongkong Superior Offshore Management bei der Gründung der *Bačvica Ltd.* behilflich gewesen war. Die *Bačvica* residierte als Briefkastenfirma offshore auf den Seychellen in der Hauptstadt Victoria. Ihre Geschäfte leitete ein Mister Wang, als Scheindirektor.

»Ohne mich darf der gar nichts tun, er steht aber nach außen hin auf allen Dokumenten«, hatte ihm Tonja erklärt.

Hans hatte gefragt: »Ich hätte eher auf die Karibik getippt. Dort bunkert doch der deutsche Handwerker sein kleines Zehrgeld fürs Alter?«

Tonja hatte den Kopf geschüttelt. »Die Karibik ist etwas für Amateure, neuerdings viel zu unsicher.«

»Und warum *Bačvica*?«

»Eine kleine Referenz an das ›Fässchen‹ und seine tatkräftigen *Bisnissmän.*«

Anschließend hatte Tonja ihm geduldig erklärt, wie seine *Gälder* ihren Weg um den halben Globus machten, um in der *Bačvica Ltd.* zu arbeiten. Das Ganze hatte sie in einem komplexen Diagramm auf einem Blatt Papier skizziert, doch Hans hatte bald abgewunken. »Da kriegt man ja einen Gehirnkrampf. Hauptsache, das Geld gehört definitiv uns. Hat Drago geliefert, strömen die Zahlungen?«

»Er hat. Und es strömt.«

Hans blätterte noch immer in dem Bildband über Opatija, doch seine Gedanken wanderten nun zu Drago. Der war gestern von Triest her erschienen, flott hatte Dr. Strozzi ausgesehen in seinem blauen Polohemd und der persilweißen Hose, als er einem dunkelgrünen Maserati Quattroporte entstiegen war. Im »Fässchen« hatte Hans Brüderschaft mit dem Dottore getrunken und ihn in die Liste seiner allerbesten Freunde aufgenommen.

Jetzt widmete Hans sich wieder mit voller Aufmerksamkeit dem Buch und las, wie der reiche Geschäftsmann Iginio Scarpa aus Fiume 1844 die Villa Angiolina und einen botanischen Garten anlegen ließ, die Keimzelle Opatijas. Die Villa verdankte ihren Namen Scarpas junger und schöner und abgöttisch geliebter Frau. Angiolina – wie berührend, dachte Hans. Und wie es sich für eine zartbittere Liebesgeschichte gehört, war sie früh gestorben.

Tonja und Drago kamen herein und setzten sich zu ihm an den Küchentisch. Diesen Augenblick hatte Hans befürchtet.

Beide schienen verlegen. Dann gab sich Tonja einen Ruck. »Also, mein lieber Hans, wir müssen noch ein wichtige Sache regeln.«

Hans sagte verdrießlich: »Ich weiß, ich weiß, meine neue Identität.«

Tonja nickte. »Ich habe den Vorteil, dass ich völlig frei agieren kann. Niemand bringt mich mit dir und der Concom in Verbindung. Bei dir ist das leider nicht so. Von Hans Bäumler müssen wir uns so schnell wie möglich verabschieden. Nach Guguljak verirrt sich zwar keiner, der dich kennt. Aber Zagreb und Opatija sind mitnichten sichere Orte.«

Hans schwieg.

Tonja fuhr fort: »Wir haben auch schon eine Lösung.«

»Und die wäre?«

»Du wirst Kroate.«

Hans stammelte: »Wie soll das gehen? Ich kann gerade mal ein paar Brocken Kroatisch.«

Drago blies seine Pausbacken auf. »*Nema problema*, mein lieber Goran Kralj, zu Deutsch: ›Goran König‹. Deine Eltern Vid und Janica sind kurz nach deiner Geburt von Zagreb nach München gezogen.« Er griff in seine Aktentasche und brachte einen Hefter mit Klarsichthüllen zum Vorschein. Er entnahm einige Dokumente. »Du bist in Deutschland aufgewachsen und zur Schule gegangen, hast dort studiert und dann als Kunsthistoriker gearbeitet. Leider haben es deine Eltern versäumt, mit dir in unserer geliebten Muttersprache zu sprechen.« Missbilligend schüttelte Drago den Kopf. »Vor vier Jahren kamen deine Eltern bei einem Autounfall in Zagreb ums Leben, sehr traurig.« Nach einer pietätvollen Pause setzte Drago ein Lächeln auf. »Trotz alledem überlebten in unserem Goran die kroatischen Gene, er bekam Sehnsucht nach seinen Wurzeln und es zog ihn zurück zur heimischen Erde. Nun ist er wieder bei uns«, schloss Drago ergriffen.

»Wer soll diesen Schmarren glauben?«, zweifelte Hans.

Drago reichte ihm ein paar speckige Papiere, die amtliche Stempel trugen. »Das hier ist deine Geburtsurkunde, lieber Goran. Und hier haben wir die Sterbeurkunde deiner Eltern Vid und Janica.«

Hans beäugte die Papiere, anschließend schloss er erschöpft die Augen und fragte: »Gibt es die wirklich?«

»Das Doppelgrab deiner Eltern kannst du auf dem Mirogoj-Friedhof in Zagreb besichtigen.«

»Und Goran?«

»Direkt nach der Geburt im Krankenhaus gestorben. Wurde aber nie aktenkundig.«

Hans starrte wieder auf die Papiere.

Drago schob ihm ein weiteres Blatt herüber. »Und dies ist deine Legende, alles auf einer Seite. Präge sie dir gut ein.« Er wechselte in einen staatstragenden Tonfall. »Sobald du einen Pass hast, kannst du eine vollkommen legale Existenz führen. In Opatija wirst du dich offiziell anmelden, Steuern zahlen, ein angesehener Bürger sein, eine Säule des Rotary Clubs. Du wirst in kürzester Zeit mit deiner Umgebung verschmelzen.«

»Ich will aber gar nicht verschmelzen, ich will ich bleiben.«

Tonja strich ihm übers Haar. »Es ist nur zu deinem Schutz.«

Hans blieb bockig. »Ein falscher Pass wird doch auffliegen.«

Drago schaute beleidigt. »Nicht der, den ich dir besorge. Das ist ein sogenannter echter falscher. Er stammt aus offiziellen Beständen, inklusive Hologramm. Dass es Goran nicht mehr gibt, darauf kommt keiner.«

»Wo kriegt man solche Papiere eigentlich her?«

Drago machte eine lässige Handbewegung. »Beziehungen. Ich kenne da jemand im Innenministerium in Zagreb. Die Pässe sind wirklich erstklassig, ich habe auch welche.«

Hans fiel auf, dass Drago den Plural benutzt hatte. Er krönte seine Erschöpfung und seinen Trotz mit der resignierenden Frage nach dem Preis: »Wieviel?«

»20.000.«

»Na gut, dann brauchen wir noch Passbilder. Die können wir gleich morgen früh machen.«

Tonja schüttelte den Kopf. »Mein lieber Hans, da gibt es leider ein Problem.«

Er blickte sie fragend an.

Sie kratzte sich am Kopf. »Wir müssen auch dein Erscheinungsbild ändern.«

Hans lachte gallig auf. »Soll ich mir die Haare schwarz färben?«

Leise sagte sie: »Das auf jeden Fall. Aber wir haben zusätzlich ein paar kleine Modifikationen deines Gesichts erwogen.«

Hans schnellte hinter dem Küchentisch hoch. »Ihr wollt in meinem Gesicht herumoperieren lassen? Da mache ich nicht mit. Nein, nie im Leben!«

18. Kapitel

Guguljak

Er erwachte spät aus einem flachen, ermüdenden Schlaf, tastete mit weit ausgestrecktem Arm den Nachttisch, seinen umgestülpten Reisekoffer, ab und griff sich seinen blauen *pasoš*. Er öffnete die Augen und hielt sich das Passbild vors Gesicht. So also sah Goran aus. Hans quälte sich aus der Jolle und tappte ins Bad. Im Spiegel begegnete Hans Bäumler Goran Kralj. Er sah ihm lange in die Augen. Sein Blick fixierte die schwarzen Haare, fiel auf das füllige Kinn hinab, streifte die kräftige Nase, das markante Jochbein; die Stellung der Augen irritierte ihn. Hans fuhr sich über die Haut, die Schwellungen waren abgeklungen. Es war verblüffend: ein paar unauffällige Schnitte, ein paar Portionen Hyaluron – schon blickte ihm Goran entgegen.

Zwei Wochen war es her, dass ihn Tonja in die elegante Privatklinik am Prominentenhang oberhalb von Zagreb begleitet hatte, direkt neben dem Gästehaus der Regierung für hohen Staatsbesuch. Eine feengleiche Krankenschwester hatte sie begrüßt, Hans umsorgt und in einen kurzen Schlaf geleitet. Dann hatte sich der Schönheitschirurg schwungvoll über sein Antlitz hergemacht, wie ihm Tonja zugeflüstert hatte, als er aus der Narkose erwacht war. 20.000 Euro hatte die

Modellpflege gekostet, so viel wie der neue Pass. Das war wohl der Standardtarif für besondere Dienstleistungen in Kroatien, dachte Hans.

Kaum hatte er geduscht, schlüpfte Tonja ins schrundige Bad. »Und, wie fühlst du dich heute?«

»Sagen wir mal so: Ich bin mit Geld unterwegs, das mir nicht gehört. Ich habe Papiere, die mir ebenfalls nicht gehören. Genauso wenig wie mein Gesicht«, entgegnete Hans.

Sie drückte ihn an sich. »Also ich finde, du siehst jetzt noch attraktiver aus. Fein und sensibel wie früher, aber etwas männlicher. Das mag ich«, kicherte sie. »Schau, du hast schon jetzt das machen lassen, was bei mir in 20 Jahren fällig ist.«

Hans trieb eine weitere Sorge um. »Was sagt denn dein Vater dazu? Und was werden die Leute in Guguljak denken?«

Sie winkte ab. »Mein Vater weiß mittlerweile Bescheid. Er ist glücklich mit seinem Gewächshaus, der sieht das alles nicht so eng. Und die *guguljci*? Die werden meinen, dass sich der Deutsche schon etwas gedacht haben wird bei der sanften Veröstlichung seines Gesichts. Fremden erzählen die keinen Ton, wir hier halten zusammen. So, genug geredet, wir sollten langsam nach Zagreb aufbrechen, ein paar Brillen für dich kaufen.«

Kurze Zeit später kurvten sie durch Guguljak, vor dem »Fässchen« machte Tonja eine Vollbremsung, um eine Entenfamilie über den Platz watscheln zu lassen. Dann ging es den Berg hinunter. Sie fuhren in ihrem neuen Auto, einem unauffälligen Toyota in biederem

Braun, ein Langweiler, wie Hans befand. Auf der Autobahn entwickelte der Langweiler jedoch einen höllischen Vortrieb. Während Tonja Richtung Hauptstadt beschleunigte, sagte Hans: »Eigentlich hat das Ding doch nur um die 120 PS.«

Tonja klärte ihn auf. »Mirko hat mir ein neues Triebwerk eingebaut. Jetzt hat der Langweiler, wie du ihn zu nennen beliebst, 300 PS.« Sie lächelte ihn an. »Man kann nie wissen, wozu man das mal braucht.«

Hans vertiefte das Thema nicht. Tonja gab ihm immer wieder Rätsel auf, was durchaus seinen Reiz hatte. Er erinnerte sich flüchtig an eine Nacht vor gut einer Woche. Da hatte sie neben ihm in der Jolle einen heftigen Traum gehabt, ständig »Marin, Marin!« gerufen. Hans hatte keine Ahnung, was oder wer das war.

Sie parkte unweit des Hauptbahnhofs, und bei einem renommierten Optiker am Jelačić-Platz kauften sie drei Brillen ohne Dioptrien, darunter ein Exemplar mit einem Gestell aus Schildpatt, das Hans aussehen ließ wie einen weltverlorenen Professor aus Heidelberg.

»Die Brille ist für die zukünftigen Kunden in Opatija. Die glauben dann, sie könnten dich runterhandeln«, sagte Tonja.

Nach dem Optiker machten sie einen Spaziergang rund um die Kathedrale hoch über der Stadt. Plötzlich stoppte Hans.

»Ich will sie sehen.«

»Wen?«

»Meine neuen Eltern.«

»*Nema problema.* Zum Friedhof Mirogoj sind es nur ein paar Kilometer. Drago hat mir die Grabstelle exakt beschrieben.«

Sie fanden das Doppelgrab sofort, die Erde war frisch geharkt, in einer Plastikvase war ein Strauß frischer Blumen arrangiert.

Tonja pfiff durch die Zähne. »Drago denkt an alles und vor allem an jedes Detail.«

Hans schaute sich die Porträts von Vid und Janica lange an, die in einen schlichten Grabstein eingelassen waren. Er dachte an seine realen Eltern, die noch länger tot waren. Geschwister hatte er keine, also keine Familie. Goran und Hans verschmolzen in diesem Augenblick zu einem dieser wehmütigen Einzelkinder. Er hatte Tonja und als Zugabe Drago. Ansonsten war er, abgesehen von seinen Erinnerungen an Frankfurt, allein. Sein Blick vertiefte sich in die künstliche Marmorierung des Grabsteins. In Frankfurt vermisste ihn niemand. Mit Ausnahme der Concom-Bank.

Tonja bemerkte die düstere Wolke, die über ihm hing und zog ihn sanft weg vom Grab. »Komm, lass uns gehen. Ich habe Karten für unser Nationaltheater. Heute Abend gibt es ›Figaros Hochzeit‹ im *Hrvatsko narodno kazalište*. Und zum Ausklang gehen wir ins Esplanade.«

Als sie den Friedhof verließen, hellte sich Hans' Gemüt wieder auf. Er scherzte: »Vid und Janica sehen mir irgendwie ähnlich, findest du nicht?«

»Wie sollte es anders sein, Liebster? Wenn wir ganz auf Anfang gehen, haben wir alle dieselben Eltern.«

19. Kapitel

Frankfurt am Main

»Möchten Sie noch einen Tee?« Brenner war die Liebenswürdigkeit in Person, seine Stimme hatte ein Ölbad genommen.

Johannes Gutjahr kam aus dem Staunen nicht mehr heraus. Er saß wieder im Hochleistungsbüro, keine 24 Stunden nach dem ersten, eisigen Gespräch. Dieses Mal in der Besprechungsecke, der Vorstandsvorsitzende ließ einen vorzüglichen Darjeeling servieren, dazu feines Gebäck. Brenner nuschelte: »Worum es mir geht, mein lieber Herr Gutjahr – wir brauchen Sie kurzfristig an anderer Stelle.«

»Wieso?«

»Unser US-Geschäft lahmt. Die jüngsten Zahlen waren erschreckend, und ich fürchte, das hängt unter anderem mit unserer Organisationsstruktur dort drüben zusammen. Auch personell müsste sich etwas ändern. Ich meine, jemand sollte rüberfliegen und sich die Sache gründlich anschauen.«

Gutjahr hob die Hände. »Das ist eigentlich nicht gerade mein Ressort.«

Brenner lächelte. »Eben deswegen habe ich an Sie gedacht. Es bedarf eines kühlen Blicks von außen, der uns weiterbringt. Und wer, wenn nicht Sie, käme dafür infrage? Ein Mann mit profunder Erfahrung.«

Das Gesäusel kam überraschend. Noch vor wenigen Wochen hatte ihm Brenner vermittelt, er sei ein Auslaufmodell.

Der schien diesen Gedanken zu erraten und fügte bußfertig hinzu: »Vergessen Sie bitte, was ich letzthin sagte. Ich war einfach schlecht drauf.«

Gutjahr nestelte ratlos an seiner Krawatte. »Herr Brenner, das Angebot ehrt mich durchaus, aber im Moment bin ich – denken Sie an die Causa Bäumler – hier in Frankfurt gebunden.«

Der Vorstandsvorsitzende legte ihm sanft eine Hand auf den Unterarm. »Das ist doch gar kein Problem, Verehrtester, darauf wollte ich gerade zu sprechen kommen. Diese Angelegenheit erledige ich direkt. Liegt ja auch nahe angesichts der Dimension des Falls. Schicken Sie mir bitte alle Unterlagen hoch, dann sind Sie davon entlastet.«

Ich will aber nicht entlastet werden, durchfuhr es Gutjahr.

Doch Brenner war schon aufgestanden, um eine dünne Mappe von seinem Schreibtisch zu holen. Er setzte sich wieder, reichte sie Gutjahr, nahm einen Schluck Tee und sagte: »Hier drin findet sich alles, was Sie für den Job brauchen.«

Gutjahr seufzte. »Und wann soll es losgehen?«

Brenner strahlte ihn an. »Warum nicht gleich nächste Woche? Lassen Sie sich Zeit in den Staaten, wir brauchen eine gründliche Analyse. Ich denke, vier Wochen sollten Sie sich reservieren.«

»Aber …«

Brenner hob die Stimme. »Kein Aber, für diesen Auftrag sind Sie nicht nur der Beste, Sie haben ihn sich auch verdient. Und hängen Sie eine Woche Hawaii dran oder Bora Bora. Ich persönlich präferiere Bora Bora, wegen der französischen Küche. Beim Blick in die Lagune können Sie in Ruhe Ihren Bericht anfertigen. Geht natürlich auf Spesen.«

In dieser Verpackung kam Gutjahr der Auftrag auf einmal verlockend vor. Ein paar Wochen weg aus dem Hamsterrad in Frankfurt, das war doch was. Und Bora Bora war entschieden reizvoller als der Langener Waldsee.

Er verabschiedete sich, fuhr mit dem Aufzug eine Etage tiefer und begann, das Dossier Hans Bäumler für Brenner zu ordnen. Er war beinahe fertig mit dem Dossier, als ihm ein Detail einfiel, das Nellessen nachliefern musste. Er rief ihn direkt in der Filiale an, bekam aber nur den Stellvertreter an die Strippe.

»Sie möchten Herrn Nellessen sprechen? Ja, wissen Sie nicht …«

»Was weiß ich nicht?«

»Man hat ihn zum Chef der Niederlassung London ernannt. Zurzeit nimmt er seinen Resturlaub, dann zieht er um.«

Gutjahr wünschte einen guten Tag und ließ den Telefonhörer sinken. Das war grotesk. Der gute Nellessen war für eine Filiale im Westend brauchbar, aber mit London völlig überfordert. Das müssten sogar die in der Etage über ihm wissen.

20. Kapitel

Opatija

Das Salz prickelte auf der Haut, die Lunge war durchlüftet, er fühlte sich so frisch wie lange nicht mehr. Hans machte zwei energische Schwimmzüge und erreichte den Fuß der Wendeltreppe, die bis ins smaragdgrüne, glasklare Meer reichte. Mit einem Schwung war er aus dem Wasser, in dem man Mitte Oktober noch gut baden konnte. Tonja wartete oben auf ihn mit einem flauschigen Tuch und einer Tasse Espresso. Sie rubbelte ihm den Rücken trocken, während er den heißen Espresso genoss. Eine Möwe flog heiser krächzend vorbei, von der See her wehte eine milde Brise.

Es geht doch nichts über einen Privatzugang zum Wasser, dachte Hans, als er mit Tonja die Kaiser-Franz-Josef-Promenade überquerte, die entlang Opatija über zwölf Kilometer hin in das felsige Ufer getrieben worden war. Tonja öffnete das Tor zu ihrem terrassierten Grundstück mit der Villa hoch über der Promenade. Ein schmaler Pfad aus weißem Kies führte in Serpentinen durch den Garten mit Oleanderbüschen, Kamelien und Zypressen. Lachsfarben erhob sich am oberen Ende die im austro-ungarischen Stil erbaute Villa, drei Geschosse hoch und gekrönt von einem Turmzimmer – seinem Turmzimmer, in das er sich gerne zum Lesen zurückzog.

Sie hatten die Villa nur gemietet, nicht gekauft. »Wir sollten beweglich bleiben«, hatte Tonja gemeint. Hans war es recht, er hatte sich sofort in dieses Zuhause verliebt. Auch die Zwillinge in der Einliegerwohnung störten ihn nicht. Slavko und Branko sahen neuerdings sehr gesund aus, das kam wohl von dem guten *Jamnica*-Mineralwasser, das Tonja ihnen wöchentlich vor die Tür liefern ließ.

Hans zog sich kurz ein T-Shirt und eine Hose über, um mit Tonja den Tag zu beginnen. Sie hatte auf dem geräumigen Balkon im ersten Stock ein Frühstück mit Tee und frisch gepresstem Orangensaft, mit Eiern, kross gebratenem Schinken und duftenden Croissants hergerichtet. Sein Blick glitt über das Panorama, das vor ihm lag wie ein Gemälde vor dem Gutachter: ein wolkenloser Himmel, ein das Sonnenlicht brechendes, irisierendes Meer. Sein Auge fand die Silhouetten der Inseln Krk und Cres sowie ein Kreuzfahrtschiff, das gerade den Hafen von Rijeka ansteuerte.

Mit welcher Geschwindigkeit alles geschehen war! Sie hatten einige Häuser besichtigt. Der Villa am Ortsrand von Opatija waren Tonja und Hans sofort verfallen. Und ebenso schnell hatten sie die drei Stockwerke mit einem gelungenen Crossover ausgestattet. Schön, wenn man Geld hat, dachte Hans. Man muss nur auf das zeigen, was einem gefällt, und schon wird es geliefert. Besonders stolz war er auf das Wohnzimmer mit den kostbaren Stücken im Stil der Wiener Secession, die gut zu den modernen italienischen Regalen von Poliform passten. Für das Schlafzimmer hatte Tonja auf einem Himmelbett im Kolonialstil mit Toile-de-Jouy-Vorhängen bestanden. Und für sein Turmzimmer hatte sich Hans eine Récamiere ähnlich der in Frankfurt besorgt, dazu einen Lounge Chair von Charles Eames. Sehr komfortabel waren die Ankleidezimmer mit den begehbaren Kleiderschränken und die zwei großzügigen Bäder, je eines für Tonja und ihn. Den Whirlpool mit den vergoldeten Hähnen in Tonjas Bad fand er zwar etwas *nouveau riche*, aber alles in allem konnte man es in der Villa aushalten. Die schmerzlichen Schübe, wenn Hans an seinen Goethe-Schrank, an den Globus und die Märklin-Eisenbahn dachte, wurden seltener. Und in der Küche hatten sie wieder einen Spezialkühlschrank für die teuren Italiener, für den Sassicaia und den Tignanello.

Tonja setzte sich ihm gegenüber. »Wie geht es dir?«

»Ich kann nicht klagen.«

Sie freute sich sichtlich. »Da fällt mir ein, was ein Popstar mal über sein Leben gesagt hat.«

»Ich höre.«

»›Leute, ich war arm und ich war reich. Ich sage euch – reich ist besser.‹«

Hans schmunzelte und fragte: »Wollen wir unserem Zuhause nicht einen Namen geben? Wie wäre es mit Villa Tonja?«

Viele der Häuser über der Promenade trugen Namen wie Villa Amalia, Villa Madonna oder Villa Astra. Tonja schlug die Augen nieder, was ihr einen zusätzlichen Reiz verlieh. »Wenn du meinst.«

Ihr lachsfarbenes Prunkstück war 1905 von einem Wiener Ziegelfabrikanten erbaut worden, der die Villa zur Sommerfrische genutzt hatte und um seinem Kaiser nahe zu sein. Da war das alte Fischerdorf Abbazia, wie Opatija früher hieß, längst das Seebad der Monarchie schlechthin gewesen, das »Nizza an der Adria«. Wer Rang und Namen hatte in Wien, musste sich in der Saison in Opatija sehen lassen.

Hans genoss das opulente Frühstück und webte sich, während Tonja in der Financial Times blätterte, ein in die versunkene Zeit. Als der Ziegelfabrikant von Wien aus mit der Südbahn die sechsstündige Reise nach Opatija antrat, wie er täglich vor seiner Villa die Promenade hinauf und herunter schritt, unter dem Seidenzylinder schwitzend und immer in der Hoffnung, wenigstens einmal Seiner Apostolischen Majestät persönlich zu begegnen. Die Erfüllung eines Fabrikantenlebens. Auch Hans wäre dem Kaiser gerne begegnet, ersatzweise einem Baron im cremefarbenen Anzug oder einer Comtesse im hochgeschlossenen Kleid, in weißen Handschuhen und mit dem obligaten Sonnenschirm zur Bewahrung vornehmer Blässe. Hans schloss die Augen und sah sich inmitten des Adels und der Neureichen flanieren, die Hofräte und die Generale grüßen, die Schriftsteller und Künstler, die Modeärzte, die Spieler, die Hochstapler und Kurtisanen.

Er sollte verschwinden aus seiner bisherigen Existenz, hatten ihm Drago und Tonja geraten. Hans sog behaglich die Luft vom Meer her ein. Ich setze noch einen drauf, ich verschwinde ganz aus diesem 21. Jahrhundert mit all seinen Zumutungen.

Mit etwas Wehmut gedachte er seiner Fantasien, als er gegen Abend mit Tonja die Promenade Richtung Zentrum entlangschlenderte. Eine Gruppe braun gebrannter Blondinen kam ihnen entgegen, die untertassengroßen Sonnenbrillen ins Haar gesteckt, in abgeschnittenen Jeans, mit ihren Smartphones verkabelt, schnatternd und Eis schleckend. Das passte nicht in die Komposition, Hans fühlte sich ein bisschen beleidigt.

Aber der Unmut währte nur kurz, denn der Ort war überwältigend. Wie er sich in die geschützte Bucht schmiegte, wie das Abendblau des Meeres mit dem dichten Grün des Učka-Gebirges hoch über dem Städtchen harmonierte. Ein Farbenrausch in abtönender Dämmerung. Die Villen prangten in einem Spektrum von Mint bis Terracotta, aus den Gärten und Parks ragten Steineichen, Kamelien und Lorbeerbäume. Hans entdeckte außerdem Magnolien, Agaven und Yuccapalmen. Auf der Hauptstraße, der *Maršala Tita*, mit ihren Cafés und Boutiquen erwachte das Leben, und er wusste, dass Leben hier wie auch in Frankfurt »Geschäft« hieß.

Tonja sagte: »Eigentlich ist hier immer Saison. Richtig kalt wird es selbst im Winter nicht, dann reisen die Leute wegen des Heilklimas an.«

Sie kamen am Kvarner Grandhotel vorbei, und Tonja streckte die Hand zur Fensterfront aus. »Im nächsten Jahr tanzen wir dort im Kristallsaal auf dem Wiener Ball.«

Hans nickte begeistert, trotz der drohenden Tänze. Alle paar Meter standen sie vor einem weiteren Grandhotel. Hans ergab sich den üppigen Fassaden in leuchtendem Habsburgergelb. Das Neptun, das Imperial, das Miljeni, das Mozart, das Bristol ... Alle mit Balkons und Terrassen, hinter denen er die Säle für die glanzvollen Bälle und Konzerte erahnte.

»Es ist noch nicht alles wie in der goldenen Zeit, aber Opatija ist aus einem langen Schlaf erwacht. Immer mehr Geld fließt, aus Österreich, von den Russen, von Italienern«, erklärte Tonja.

»Und von uns«, sagte Hans, der alles Gedruckte über Opatija und seine Geschichte verschlungen hatte. Er wusste, dass 1914 die Lichter ausgegangen waren, dass 1919 die Italiener das kaiserliche Erbe übernommen, dass Opatija ab 1945 im jugoslawischen Sozialismus überwinterte hatte und nun stolz wiederauferstand.

Im Miljeni hatte Tonja einen Tisch reserviert, im Restaurant Argonauti unterhalb der Arkaden mit dem Meerblick. Es herrschten angenehme 20 Grad, sie nahmen in Sichtweite der steinernen Meerjungfrau mit der Möwe, dem Wahrzeichen Opatijas, Platz.

»Worauf hast du Lust?«, fragte Hans.

»Mir ist nach etwas Schlichtem.« Tonja hatte die schwarzen Haare streng nach hinten gekämmt und in einem Knoten fixiert. Viel Make-up brauchte sie nicht. Fantastisch sah sie aus in ihrem neuen weißen Blazer aus Mailand. Sie hatte auch Hans ein paar Jacketts und Hosen aus Italien mitgebracht, in denen er sich großartig fühlte.

Das Publikum an den anderen Tischen fand ebenfalls Hans' Gnade. Keine kurzen Hosen oder Sandalen.

Sie starteten mit schlichten Nudeln und Trüffeln aus Istrien, begleitet von einem jungen Malvazija.

Tonja schwärmte: »Die Trüffel könnte ich pfundweise essen.« Sie prostete Hans zu. »In drei Tagen ist der Salon komplett möbliert. Mit den Schauvitrinen, mit dem schwarzen Art-déco-Ensemble. Und dem kleinen Safe. Freust du dich?«

»Und ob. Dann habe ich endlich etwas Sinnvolles zu tun.«

Das Separee im Erdgeschoss der Villa hatten sie vom ersten Tag an »Salon« genannt. In ihm würde Hans sein neues Geschäft eröffnen, klein, fein und diskret, von Empfehlungen lebend. Er würde dort Art-déco-Schmuck anbieten, sonst nichts. Dr. Strozzi würde für Ware und für Kundschaft sorgen.

Tonja balancierte eine Trüffelscheibe auf ihrer Gabel. »Und du bist dir sicher, dass eine derartige Selbstbeschränkung und Spezialisierung richtig ist?«

»Ganz sicher. Auch in Frankfurt wäre es so nicht weitergegangen.«

»Warum?«

Hans bändigte einige Nudeln. »Weil die Leute in ganz Europa seit einiger Zeit nichts mehr von Meißner Porzellan, von Biedermeiersekretären oder Rokokotischen wissen wollen.«

Das weiche Abendlicht war langsam der Dunkelheit gewichen, die ersten Lampen flackerten auf, es wurde kühler.

Tonja legte sich einen Seidenschal um. »Wie ich dich kenne, ist das wieder einmal ein Zeichen für den allgemeinen Niedergang?«

»Sowieso. Früher hat man ganze Zimmer mit Antiquitäten ausgestattet und dann vererbt. Aber die Erben von heute interessiert das nicht. Die alten Möbel machen sich nicht so gut neben dem Plasma-Fernseher. Also weg damit.« Hans seufzte. »Der Markt wird überschwemmt. Eine gute Barockkommode kostete früher 15.000 Euro. Heute kannst du sie für 2.000 haben.«

Tonja schaute nachdenklich. »Geht überhaupt noch etwas in deiner Branche?«

»Ausgesuchte Stücke finden immer ihre Liebhaber. Deshalb war ich ja so scharf auf den Nachlass aus dem Hessischen. Allein ein Schrank von David Roentgen ist für mindestens 200.000 Euro gut. Was geht, sind solche Unikate, extrem selten und extrem teuer. Die werden auch kaum über das Internet verkauft, sondern ganz altmodisch über den Ladentisch, fachliche Beratung inklusive. Deshalb kapriziere ich mich auf Art-déco-Schmuck.«

Der Kellner brachte den Hauptgang, gegrillten Hummer, fangfrisch, an einem schlichten Salat. Tonja hantierte gekonnt mit der Hummerzange und meinte: »Dann ist Opatija der ideale Platz für dich.«

Hans nickte und bestellte noch eine Flasche vom istrischen Malvazija. Zum Abschluss nahmen sie Maroni-Eis; die pürierten Esskastanien der Sorte Branac stammten aus den Wäldern der Berge hoch über Opatija.

Auf dem Heimweg stützte Hans Tonja, die unsicher kichernd an der Meerjungfrau vorbeistöckelte, und führte sie behutsam zum Wassertaxi, das unten am Ufer auf sie wartete. Es brachte sie binnen zehn Minuten zur privaten Wendeltreppe unterhalb der Villa.

Im Schlafzimmer im dritten Stock gönnte sich Hans einen letzten Blick in die Bucht. Der Vollmond hatte einen silbrigen Teppich auf das reglose schwarze Wasser gelegt. Zur Linken sah Hans die Lichterketten von Rijeka, daneben die dunklen, nur von einzelnen Lichtpunkten gesprenkelten Umrisse von Cres und Krk. Tonja kam aus ihrem angrenzenden Bad getänzelt, ließ das Höschen vor dem Bett um das Fußgelenk kreiseln und kroch nackt zu ihm unter das Laken.

Später überkam Hans erstmals in seinem Leben der Gedanke, wie es wäre, Kinder zu haben. Lauter kleine Tonjas und Gorans.

»Vermisst du Frankfurt?«, fragte sie sehr nah an seinem Ohr.

»Im Moment nicht.«

Tonja flüsterte: »Denk dran, man kann mehrere Heimaten haben.«

Sie schlief sofort ein, während Hans länger wach lag. Weil sie wieder mal ins Träumen kam, sich heftig hin und her wälzte und laut »Marin, Marin!« schrie.

21. Kapitel

Frankfurt am Main

Als Johannes Gutjahr in Frankfurt am Main landete, hatte er einen elend langen Flug von Papeete über Los Angeles und Paris hinter sich. Seine Vorahnung hatte sich bewahrheitet: In der Lagune von Bora Bora war es erheblich reizvoller als am Langener Waldsee. Trotz Jetlag nahm er die nächste S-Bahn bis zur Haltestelle Taunusanlage im Bankenviertel. Mit ihm fuhren viele junge Leute in teuren Anzügen und feinen Schuhen, alle auf Karriere getrimmt. Die adretten Ameisen des Bankenviertels. Einige von ihnen würden es an die Spitze schaffen, dachte Gutjahr – aber nur einige. Die Rolltreppe führte ihn nach oben und spuckte ihn direkt am Fuß der Doppeltürme an die Oberfläche. Von dort waren es zwei, drei Gehminuten zur Concom. In Gutjahr war keine Ruhe, er wollte ins Büro, wenigstens schauen, was sich in den vier Wochen Abwesenheit getan hatte.

Bei der Rundreise durch das Concom-Reich in den Staaten hatte er nette Kollegen getroffen, tüchtige Leute, auch die Zahlen waren ganz in Ordnung. Brenner sah da wohl zu schwarz. Aber die Sache fing an, ihm Spaß zu machen, die Tage an der Lagune in Bora Bora hatten ihn beflügelt. Ein paar kreative Vorschläge, wie man die Struktur des US-Geschäfts optimieren könnte, hatte er im Gepäck.

Auf dem Schreibtisch hatte sich einiges angehäuft, jedoch nur Routinekram.

Beiläufig fragte er die Sekretärin: »Gab es etwas Besonderes?«

»Nein, nur die Herren von der Detektei waren etwas verwundert und baten um Rückruf.«

Gutjahr erledigte diesen Anruf sofort. Als abgehoben wurde, fragte er: »Kommen Sie denn voran in der Sache Bäumler?«

Am anderen Ende hieß es pikiert: »Das würden wir ja gerne, aber bis heute haben wir keinen offiziellen Auftrag erhalten.«

Gutjahr schüttelte den Kopf und rief die Rechtsabteilung an. Deren Chef meinte, diese Angelegenheit sei Sache des Vorstands. Er sei angewiesen worden, ausschließlich dorthin zu berichten.

»Sie können mir doch kurz den Stand der Dinge schildern.«

»Na gut. Wir haben alle formellen Schritte eingeleitet. Bis wir einen Titel gegen Bäumler haben, wird es dauern. Aber das kennen Sie ja.«

Gutjahr legte auf. Es ist nicht mehr deine Sache, lass den Brenner machen, sagte er sich. Er bat um einen Termin im Vorstandsbüro, er sollte ohnehin über die USA-Reise informieren.

In zehn Tagen, um 19.15 Uhr, wurde ihm beschieden. Der Herr Vorstandsvorsitzende sei gerade in Irland.

Gutjahrs Bericht mit den Vorschlägen für eine neue Struktur im US-Geschäft war nach wenigen Tagen fertig, er schickte ihn vorab in den Olymp.

Zehn Tage später empfing ihn Brenner strahlend wie einen guten alten Freund. »Vorzügliche Arbeit, aber das wusste ich schon vorher.«

Gleich kriege ich noch Wangenküsse, dachte Gutjahr, als er es sich in der Besprechungsecke bequem machte. Dort wartete ein samtiger Burgunder auf ihn, ein erstklassiger Jahrgang.

»Den können wir uns heute Abend gemeinsam gönnen«, meinte Brenner und hob das Glas.

Seine Begeisterung über den USA-Bericht wollte kein Ende nehmen, auch wenn er auf Details herzlich wenig einging. Nach dem dritten Schluck sagte Brenner: »Ihr Report hat mich auf eine Idee gebracht. Wir sollten die vorgeschlagenen Abläufe für alle Regionen weltweit einführen. Und ich weiß auch schon, wer das realisiert.« Erwartungsvoll blickte er Gutjahr an.

Der nickte ergeben und stimmte sich auf die nächste Reise ein, diesmal Südostasien. Warum nicht, wieder eine reizvolle Abwechslung.

Nach einer halben Stunde schaute Brenner auf seine Patek Philippe. »Ich würde das Thema gerne vertiefen, aber nicht jetzt. Das holen wir nach. Sie können sich schon mal Gedanken machen. Leider erwarte ich jetzt noch einen Besucher.«

Im Hinausgehen fragte Gutjahr: »Ehe ich es vergesse – was ist aus der Sache Hans Bäumler geworden?

Das war ja auch mein Baby, brauchen Sie nicht doch meine Hilfe?«

Brenner schob ihn mit mildem Druck aus dem Büro. »Lieber Gutjahr, machen Sie sich keine Sorgen. Ich habe eine Taskforce ins Leben gerufen, die sich darum kümmert.« Er hob die Schultern. »Die sind zwar sehr gründlich, aber es dauert und dauert. Denken Sie also vor allem an Ihr neues Projekt, ich verlasse mich da auf Sie!«

Sein Ton war warm, jedoch leicht eisenhaltig.

22. Kapitel

Opatija

Klack, klack, ratsch, bumm – Geräusche, die Hans von früher kannte. Er kam gerade aus seinem Ankleidezimmer und trug Laufschuhe und die neue Jogginghose in dezentem Grau. Er wollte hinunter auf die Promenade zu seinem Kaiser.

Auf der Treppe hörte er, wie es noch einmal ratsch machte. Dann war Stille, ehe er ein lautes »*Jebi se!*« vernahm. Hans betrat das Wohnzimmer, wo Tonja am großen Tisch mit krummem Rücken hinter der roten Olivetti saß. Sie hatte sich zuvor die Haare gewaschen und trug eine Art Turban aus weißem Frottee. Das brachte ihr mandelförmiges Gesicht mit den Katzenaugen noch besser zur Geltung. Hans lächelte, seine Tonja versuchte sich offenbar zum ersten Mal in ihrem Leben an einer Schreibmaschine.

Ärgerlich riss sie sich den Turban vom Kopf und schüttelte die feuchten Haare. Sie zog ein Blatt Papier aus der Maschine und blickte ihn Hilfe suchend an. »Jetzt habe ich mich schon wieder vertippt und kann von vorne anfangen. Um Himmels willen, hat man damit früher wirklich gearbeitet?«

»Es gab nichts anderes. Man hat einfach mehr nachgedacht, ehe man mit dem Schreiben anfing.«

»Kannst du mir helfen? Du kennst dich doch aus mit Antiquitäten.«

Hans setzte sich neben sie, strich ihr über die wirren Haare und korrigierte den Sitz des Farbbands.

Tonja schimpfte: »Eine kleine schwarze Klorolle, an der ich mir nichts als die Finger schmutzig gemacht habe.«

Hans zog ein neues Blatt ein. »Was heißt eigentlich ›*Jebi se*‹? Das höre ich öfter bei den Zwillingen.«

Sie errötete. »Das ist was sehr Unfeines, hilft aber beim Abreagieren.«

»Raus damit, mein Täubchen.«

»*›Jebi se‹* heißt so viel wie ›Fick dich‹.«

Hans verleibte das Wort seinem Vorrat für unfeine Momente ein.

Tonja begann wieder zu tippen. Gezielt ließ sie ihre Fingerkuppen auf die Tastatur fallen. Neben der Olivetti lag ein Zettel mit handgeschriebenen Zahlenkolonnen. »Das ist der letzte Monatssaldo aus Singapur, sieht gut aus«, sagte sie.

Als drei Blätter unfallfrei ausgefüllt waren, nahm sie sie mit ins Bad und spülte den handschriftlichen Zettel im WC hinunter. Im Bad befand sich auch ihr Safe, in den Boden eingelassen neben dem Bidet. Die Zwillinge waren zwei Tage zugange gewesen und hatten ein Meisterstück geliefert; der kleine Griff in der Bodenfliese für den Zugang zum Tastenfeld war mit bloßem Auge nicht zu erkennen.

»Hier ruht unsere komplette Buchhaltung, für Hacker absolut unerreichbar. Regierungen und Konzerne machen das mit ihren wichtigsten Daten heute ebenso«, sagte Tonja.

»Ich geh jetzt laufen«, kündigte Hans an.

»Welche Strecke?«

»Nach Lovran und zurück.«

»Alle Achtung, das sind über 15 Kilometer.«

Die Strecke nach Lovran, der kleinen Schwester Opatijas, war ein Teilstück der *Obalno šetalište Franza Josefa*, der Franz-Josef-Promenade, die sich in Gegenrichtung bis zum Fischerdorf Volosko hinzog. Hans freute sich auf den langen Lauf in unvergleichlicher Luft. Genau der richtige Weg, um dem Kaiser zu begegnen. Vielleicht bei dessen verstohlener Heimkehr von einem Rendezvous mit der Actrice Katharina Schratt?

Hans lächelte über sich selbst, er war nicht besser als der selige Ziegelfabrikant, der Erbauer ihrer Villa. Während er die Schnürsenkel seiner Schuhe nachzog, hörte er von der Straße über dem Grundstück die schwere Ducati, die gerade wummernd angelassen wurde. Das konnte nur Branko sein, der wahrscheinlich einen Umschlag mit Papieren von Tonja für Drago bei sich hatte. Tonja mied Telefonate mit Drago, umgekehrt war es genauso. Sie tauschten sich lieber persönlich oder per Boten aus – wie vor 2.000 Jahren. Branko würde mit dem Motorrad rund eine Stunde für die 70 Kilometer nach Triest brauchen. Er war viel unterwegs in Sachen *Gäschäfte*. Welche das im Detail waren, wollte Hans lieber nicht wissen. Ihm war nur wichtig, dass irgendwann die *Gälder* flossen. In seinem inneren Notizbuch vermerkte er, Tonja öfter danach zu fragen.

Gut, dass sie die Zwillinge hatten. Branko und Slavko machten sich nützlich, wo sie konnten. Sie pflegten den Garten, sie erledigten Einkäufe, sie kochten, was Tonjas Sache nicht unbedingt war. Sie waren stets konzentriert, hatten neuerdings harte, flache Bäuche und wache Augen. Ihm begegneten sie mit Respekt, Tonja gehorchten sie aufs Wort. Etwas störend fand Hans, dass mindestens einer von beiden immer in Tonjas Nähe weilte.

Er vergaß das Thema, als er auf der Promenade in seinen Laufrhythmus fand.

Den Nachmittag verbrachte er im Café Wagner an der *Maršala Tita*. Hans nahm eine *kremšnite* und einen Caffè Americano. Die *kremšnite* gehörte schon vor 1914 zu den »Mehlspeisen«, die die Südbahn täglich frisch aus Wien nach Opatija schaffte, wie er gelesen hatte. Hans gönnte sich einen ausgiebigen Aufenthalt im Café Wagner, denn über Mittag war er im Turmzimmer fleißig gewesen – Goran konnte inzwischen die 40 Jahre, die er in Deutschland verbracht hatte, lückenlos memorieren.

Als er zur Villa zurückkam, irritierten ihn wieder einmal die aufwendige Alarmanlage und die Scheinwerfer, mit denen das Haus bestückt war. Er stieg den Pfad hoch zur Villa und bekam Slavko ins Blickfeld, der einen Myrtenbusch beschnitt. Slavko drehte ihm den Rücken zu, aus dem Hosenbund ragte der mattschwarze Griff einer Pistole.

Beim Abendessen fragte Hans Tonja: »Sind eigentlich alle Gärtner in Opatija bewaffnet?«

23. Kapitel

Frankfurt am Main

Johannes Gutjahr blickte sich zufrieden in seinem neuen Büro um. Es lag zwar auf derselben Etage wie seine frühere Wirkungsstätte, war jedoch großzügiger geschnitten, die Möbel einen Tick edler, das Gehalt hatten sie ihm ebenfalls kräftig aufgestockt. Er lehnte sich in seinem Bürosessel zurück und musterte seine neue Visitenkarte. »Projektleitung Concom 2025« – klang etwas wolkig, aber nicht schlecht. Gutjahr ließ sich von der Sekretärin einen frischen Kaffee bringen. Die viele Fliegerei war schon etwas zehrend, doch er war mit Elan bei der Sache, zumal Brenner seine Vorschläge zur Reorganisation stets sehr wohlwollend registrierte.

Gutjahr trank den Kaffee in kleinen, schnellen Schlucken. Übermorgen würde es nach Buenos Aires und dann nach Johannesburg gehen, danach waren ein paar Tage Safariurlaub fällig. Alter Knabe, ist zwar nicht alles so gelaufen, wie du es dir als Azubi erhofft hattest, aber diese späte Wendung wirst du auskosten. Kurz dachte Gutjahr an seine frühere Abteilung, das »Beerdigungsinstitut«, das man überraschend mit der Rechtsabteilung zusammengelegt hatte. Ob das richtig war? Gutjahr drückte den Gedanken weg, das war jetzt Brenners Sache.

Am gestrigen Abend hatte er mit dem Vorstandsvorsitzenden im Opéra diniert. Gutjahr hatte die prächtige Aussicht von der Dachterrasse der Alten Oper auf die leuchtende Skyline genossen. Die Schokoladenseite Frankfurts. Unter ihnen der sprudelnde Brunnen, gerahmt von stilvollen Kandelabern. Die zweite Frau Brenner – oder war es die dritte? –, Mitte 20 und sehr fesch mit ihrer Gelfrisur, war ebenfalls anwesend gewesen. Und der Gatte hatte zwischen Hauptgang und Dessert ein glänzendes Porträt des Herrn Gutjahr entworfen: »Chérie, ohne ihn würde es düster für unsere Bank aussehen – er *ist* die Concom 2025.«

Gutjahr hatte verlegen gelächelt. Kenne sich einer aus mit den Menschen … Er hatte es aufgegeben, den Herrn Brenner entschlüsseln zu wollen.

Nach dem Diner hatten sie sich mit herzlichen Gesten getrennt. Bevor Brenner mit der Gegelten in seinem Taxi verschwunden war, hatte er Gutjahr noch zugeraunt: »Übrigens, Ihren Bäumler haben wir nicht vergessen. Irgendwann macht der Bursche einen Fehler, und dann haben wir ihn. Jetzt verwerten wir erst mal sein Restvermögen in Deutschland.«

Restvermögen? Na ja, dachte Gutjahr in seinem neuen Bürosessel. Er kannte sich mit Antiquitäten nicht aus, aber die paar alten Schränke, die staubigen Stühle, die Gläser und Vasen sowie der sonstige Kram aus dem Laden in der Altstadt konnte man mit Sicherheit vergessen. Immerhin ging es um 200 Millionen, dazu die alte Forderung über vier Millionen.

Aus einem Impuls heraus griff Gutjahr zum Hörer und rief den Chef der Rechtsabteilung an.

Der war sehr reserviert. »Ich erinnere mich, Ihnen bereits mitgeteilt zu haben, dass ich in dieser Sache ausschließlich dem Vorstand zu berichten habe.«

Gutjahr änderte die Tonlage. »Das verstehe ich vollkommen. Ich bin einfach nur neugierig, so von Kollege zu Kollege.«

»Nun gut. Für das in Deutschland greifbare Vermögen des Herrn Bäumler haben wir die Zwangsvollstreckung beantragt.«

»Das wird nicht viel bringen angesichts einer Forderung von 204 Millionen.«

Am anderen Ende der Leitung herrschte für eine Weile Schweigen. Dann sagte der Chef der Rechtsabteilung: »Ich habe vom Vorstand den Auftrag, unserer Forderung in Höhe von vier Millionen plus Zinsen nachzugehen. Von 200 ist mir nichts bekannt.«

24. Kapitel

Opatija – *ein Jahr später …*

Die Dame aus Graz war begeistert. Hans spürte, dass sie nicht nur kaufen wollte, sondern auch würde. Sie hielt die filigrane Brosche ans Licht, strich über das matt glänzende Platin, ließ die Altschliff-Brillanten funkeln. Es war ein außergewöhnlich schönes Stück, er hätte es am liebsten Tonja geschenkt.

»Art déco, echtes Art déco, das sieht man sofort«, sagte sie.

Hans hatte die Kundin mit Handkuss begrüßt und in den Salon gebeten, wo er auf dem Biedermeier-Tisch ein paar Schätze vor ihr ausbreitete. Sie hatte sofort nach der Brosche gegriffen, und Hans hatte gesagt: »Gnädige Frau, ich führe ausschließlich Art déco. Das Stück datiert von 1921. Aus altem Turiner Familienbesitz.«

Schummeln war nicht nötig. Phänomenal, welche Quellen Drago zum Beispiel im Piemont auftat. Er hatte eine Nase dafür, wenn alte Familien junges Geld brauchten. Es war eine Freude, mit Drago Geschäfte zu machen. Er lieferte korrekt, mit Quittungen und Expertisen, zu fairen Preisen. Gerade mal 9.000 Euro hatte er Drago für die Brosche bezahlt.

Die Dame kam rasch auf den Punkt. »Und was soll es kosten, das gute Stück?«

Hans blickte sie durch die Schildpattbrille freundlich an. »20, 20.000. Es handelt sich um ein Unikat.«

Sie nickte. »Ist American Express in Ordnung für Sie? Ich würde die Brosche gleich mitnehmen wollen.«

Zehn Minuten später geleitete Hans die Dame bis zur Tür. Er überreichte ihr einen Blumenstrauß aus dem Garten der Villa. Tonja komponierte die Sträuße stets auf Vorrat – für Käufer ab 5.000 Euro. Hans wünschte der Dame schöne Tage in Opatija.

Sie strahlte. »Wir sind jedes Jahr hier, immer im Miramar. Hätten Sie nicht Lust, morgen Abend vorbeizukommen, mit einer kleinen Auswahl von Manschettenknöpfen für meinen Mann? Sagen wir 18 Uhr, an der Bar?«

»Es wird mir ein Vergnügen sein.«

Beschwingt schloss Hans die Tür. Solche Tage liebte er. Das Abkommen mit dem Concierge im Hotel Miramar trug seine Früchte. Gegen einen angemessenen Obolus gehörte Hans zu den Geheimtipps, mit denen der Concierge ausgewählte Gäste versorgte. Verkäufe wie heute waren allerdings selten, der Laden war doch eher eine Liebhaberei, wie sich Hans eingestehen musste.

In der Küche genehmigte er sich einen Piccolo. Für heute hatte er genug verdient, Tonja würde sich freuen. Sie war gerade in Guguljak, mit dem kleinen Honda, ihrem Zweitwagen. Sie war in letzter Zeit oft in Guguljak. Plötzlich hatte er Sehnsucht, nicht unbedingt nach Guguljak, aber nach ihr. Ein Jahr war es nun her, dass sie dieses Nest verlassen hatten und nach Opatija gezogen waren. Warum nicht für eine Nacht zu ihr fahren, von jetzt auf gleich? Er selbst hasste unangemeldeten Besuch, aber Tonja mochte das Spontane.

Hans schnappte sich ein leichtes Jackett und die Geldbörse, er stopfte ein paar Sachen für eine Übernachtung in eine Reisetasche. Von den Zwillingen musste er sich nicht verabschieden. Slavko war wieder mal mit einem Päckchen Dokumente für Drago nach Triest unterwegs und Branko mit Tonja in Guguljak. Er aktivierte die Alarmanlage, verschloss die Villa und bestieg den Toyota, in dem die 300 PS lauerten.

Kaum zwei Stunden später war er an der Auffahrt nach Guguljak. Die Straße war frisch geteert, welche Überraschung. Zügig trieb er den Wagen die Serpentinen hoch, die alte Fabrik kam in Sicht. Er nahm den Fuß vom Gas. Eine zweite Überraschung. Die Fabrikhalle war komplett wiederaufgebaut. Über dem neuen Dach flatterte die blaue Fahne mit dem Logo »TK«. Im Hintergrund stand ein Betonmischer vor einer Baugrube, offenbar wurde gerade das Fundament für einen Neubau gegossen. Zwei Lkws wurden beladen. Auch das Pförtnerhäuschen war instand gesetzt. Hans fuhr im Schritttempo daran vorbei und traute seinen Augen nicht. Einer von Tonjas Onkeln saß hinter dem Schalter, der Stolz in den Augen und seine blaue Uniform waren ein würdiges Paar.

Langsam fuhr Hans weiter. Ihm kamen ständig Autos entgegen, jedes dritte Haus hatte ein Gerüst, in dem Handwerker herumturnten. Guguljak war aus einem langen Dämmerschlaf erwacht, sogar die Enten, schien es Hans, wackelten schneller über die Straße. Nur vor dem »Fässchen« hockten reglos die zwei Mumien vor ihren Gläsern, doch daneben grüßte ein neuer Kaufland-Supermarkt.

Hans ließ den Wagen hinter der Schachtel ausrollen. Längst hatte er Tonja entdeckt. Sie saß, ein Notebook auf den Knien, in einem Liegestuhl unter dem Walnussbaum. Sie schaute auf, wahrscheinlich hatte sie das Knarren der Handbremse gehört, und für einen kurzen Moment erhaschte Hans ihre hochgezogenen, erstarrten Augenbrauen. Sie schien erschrocken, aber im herbstlich flachen Gegenlicht wollte sich Hans irren.

Sie erhob sich und kam lächelnd auf Hans zu. Sie umarmte ihn. »Überraschung?«

»Ich hoffe, eine angenehme? Mir war einfach mal wieder nach Guguljak. Und vor allem nach dir.«

»Schön. Und hast du gesehen ...?«

»Ja, hier tut sich anscheinend Gewaltiges. Hat das Dorf bei einer Sonderziehung im Lotto gewonnen?«

Tonja lächelte. »Ich hole uns erst mal *turska kava* aus der Küche. Magst du?«

Hans mochte und griff sich einen der an der Hauswand lehnenden Klappstühle.

Nach einigen Minuten kehrte Tonja mit einem Tablett zurück. Der türkische Kaffee duftete köstlich. Sie warf die Haare nach hinten. »Es ist tatsächlich wie ein Lottogewinn. Stell dir vor, ein österreichischer Investor hat unsere Fabrik gekauft, die *Tvornica Kotlova*. Und stell dir vor, der will hier wirklich etwas bewegen!«

»Einen der Onkel hat er schon in die frisch renovierte Pförtnerloge bewegt.«

»Genau. Auch die sieben anderen haben in der Firma einen Job. Dazu 50 weitere Leute aus Guguljak, als Mechaniker, als Mitarbeiter des Konstruktionsbüros, für den Kundenservice. Und mein Vater ist jetzt Chefingenieur bei TK.«

Hans ließ die Nachrichten auf sich wirken, er freute sich. Dieses Guguljak war ihm mehr ans Herz gewachsen, als er gedacht hatte. Dann sagte er in die schläfrige Stille des Nachmittags hinein: »Ich werde den Gedanken nicht los, dass auch du deinen Teil zu diesem Wunder beigetragen hast.«

Sie blickte ihm direkt in Gesicht. »Ich gestehe. Ich habe unseren Bürgermeister und den Investor bei der Ansiedlung beraten, auch was Fördermittel der EU angeht.«

»Und warum hast du mir nie davon erzählt? Ich sitze da unten in Opatija, und hier bricht das Wirtschaftswunder aus.«

Tonja beugte sich zu ihm. »Ich wollte dich überraschen, aber erst, wenn alles echte Konturen hat und in Gang gekommen ist. Sorry.«

Hans war besänftigt. »Abendessen im ›Fässchen‹? Ich hoffe, der Wirt hat seine alte Jukebox nicht gegen irgendeinen elektronischen Schnickschnack eingetauscht?«

Sie lachte. »Keine Sorge, mit der Wurlitzer ist er verheiratet.«

Den Nachmittag über wanderten sie durch das Wiesenmeer oberhalb von Guguljak, und Tonja erzählte und erzählte über das Glück des Gründens. Einmal hielt sie inne. »Aber das ist ein steiniger Weg, und wer weiß, ob sich die Firma im freien Markt etablieren kann.«

Hans nickte. »Ich drücke die Daumen.« Wenn es Guguljak gutging, ging es Tonja gut, und wenn es Tonja gutging, ging es ihm gut.

Wenigstens im »Fässchen« hatte sich wenig verändert. Der Wirt hatte zwei Gästezimmer mehr und ein paar neue Weine auf der Karte. Die Preise waren vorsichtig nach oben korrigiert.

Auch in der Schachtel war alles beim Alten. Der Vater sei sehr sparsam, er traue dem Wunder noch nicht, erklärte Tonja.

Hans seufzte. »Das kann ich nur goutieren. Aber ein neues Gästebett und einen modernen Boiler im Bad könnte sich der Herr Chefingenieur schon gönnen.«

Es war wie vor Jahresfrist, die Jolle schwankte, die Zikaden draußen sangen, er tauchte ein in Tonja. Und wieder sah Vater Tihomir aus dem alten Foto der *stari rokeri* heraus zu.

25. Kapitel

Frankfurt am Main

Johannes Gutjahr spazierte durch das Grün der Taunusanlage, erfreute sich an den Wegen unter den alten Kastanien, an der verhaltenen Stille mitten im geschäftigen Bankenviertel. Schön war es hier im frühen Herbst, wenn sich die Blätter färbten und die Sonne die Menschen mild verwöhnte. Er überlegte, wo er ungestört und ausgiebig Mittagessen konnte, denn nach Kantine war ihm nicht. Vielleicht bei einem der schicken Italiener rund um die Alte Oper? Dort könnte er planen, wie danach bis Büroschluss die Zeit möglichst komfortabel totzuschlagen wäre. Gutjahr, der Frühstücksdirektor, setzte sich auf eine Parkbank.

Er legte den Zorn, der seit Tagen in ihm köchelte, wie seinen Trenchcoat über die Lehne und versuchte sich zu entspannen. Da war er in den letzten Monaten mehrmals um die halbe Welt gereist, hatte das Firmen-Notebook mit seinen Vorschlägen für die »Concom 2025« gefüttert, aber geschehen war so ziemlich nichts. Ein paar kosmetische Veränderungen, doch die meisten seiner Ideen waren in einer »Kommission 2025« gelandet, die sehr selten tagte und nichts zu sagen hatte. Ein Begräbnis erster Klasse.

Jäh richtete sich Gutjahr auf der Parkbank auf. Lange

hatte er sich dagegen gewehrt, doch jetzt traf ihn der Verdacht wie eine eisige Dusche: Der Brenner hat dich geleimt. Er wollte dich anscheinend weit weghaben vom Geschehen, warum auch immer. Während du dein schlaffes Eiweiß an die Luxusstrände gelegt hast, konnte hier in Frankfurt irgendeine trübe Geschichte ihren Fortgang nehmen. Aber welche? Es musste mit dieser merkwürdigen Causa Hans Bäumler zusammenhängen. Als er sich neulich wieder einmal in der Rechtsabteilung gemeldet hatte, war er nicht mal mehr zurückgerufen worden.

Gutjahr ging zurück zur Concom. In seinem Büro war der Schreibtisch leer bis auf die letzte Reisekostenabrechnung, seine Sekretärin hatte mangels Arbeit mit dem Häkeln angefangen. Der Zorn Gutjahrs richtete sich gegen sich selbst. Du hast dich korrumpieren lassen, du Trottel.

Er gab sich einen Ruck und ließ die Sekretärin im Büro Brenner wegen eines Termins anrufen. »Bitten Sie nicht, machen Sie es dringlich«, schärfte er der guten Seele ein.

Am frühen Abend bestieg Gutjahr den Aufzug, seltsam erschöpft von einem langen Tag Daumendrehen. Zu seiner Freude erblickte er Martin Hillebrandt, den jungen, hoffnungsvollen Kollegen. Er hatte Hillebrandt als Mentor gefördert, Jahre war es her.

»Sie hier in der Zentrale?«

»Ich bin von London herversetzt worden, soll künftig das Vorstandsbüro leiten.«

Damit hat er den Marschallstab im Tornister, dachte Gutjahr.

Der Aufzug landete sanft federnd im Erdgeschoss. Gutjahr erinnerte sich an den braven Nellessen, den Filialleiter aus dem Westend, der vor einem Jahr nach London abkommandiert worden war. Während sie beide durch die riesigen Glastüren ins Freie traten, fragte er: »Wie kamen Sie eigentlich mit Nellessen zurecht?«

Hillebrandt verdrehte die Augen. »Unsere Arbeit bestand darin, ihn von der Arbeit fernzuhalten. Am Ende parkten wir ihn in einem Londoner Club, dort darf er bei minderwichtigen Kunden repräsentieren und kann sein mittelmäßiges Englisch aufpolieren. Keine Ahnung, wer sich was bei dieser Personalie gedacht hat.«

Gutjahr lachte und kam auf eine Idee. »Wir sollten demnächst mal einen trinken gehen. Aber nicht hier im Bankenviertel.«

Hillebrandt sagte: »Unbedingt, wenn möglich bitte erst nächste Woche und leider nicht vor 20 Uhr. Die nehmen mich hier ganz schön ran.«

Gutjahr nickte, er würde ihn zu Ort und Zeit des Treffens auf seiner privaten Nummer anrufen.

Er blickte dem jungen Mann in seinem dunklen Dreiteiler hinterher. Um die 35 müsste er jetzt sein, hatte noch alle Chancen. Er gönnte sie ihm.

Brenner hatte schon am übernächsten Tag Zeit für ihn. Als er Gutjahr empfing, strahlte er wie immer. »Was kann ich für Sie tun, lieber Herr Gutjahr?«

»Mich und meine Arbeit endlich ernst nehmen«, brach es aus Gutjahr heraus. Während sich die grauen Augen Brenners verengten, legte ihm Gutjahr die fruchtlosen Protokolle der Kommission 2025 auf den Designer-Tisch. »Ich frage mich, weshalb ich rund um den Globus gereist bin. Ich frage mich, wozu diese Kommission überhaupt tagt. Ich frage mich, wozu das Ganze.«

Brenner lächelte amüsiert. »Haben Sie wenigstens die Tage in Bora Bora, auf Safari und die sonstigen Urlaube auf Spesen genossen?«

Gutjahr winkte ab. »Ich werde den Eindruck nicht los, dass hier im Hintergrund etwas läuft, von dem ich ausgeschlossen werden soll. Es hat wohl keinen Sinn, Sie nach dem Stand in Sachen Hans Bäumler zu fragen?«

Brenner antwortete direkt. »Nehmen Sie es mir nicht übel, aber das geht Sie nichts an. Übergeordnete Interessen, die in keiner Weise Ihren Aufgabenbereich tangieren.« Versöhnlich fügte er hinzu: »Und jetzt beruhigen Sie sich bitte. Ihre Arbeit für Concom 2025 nehmen wir durchaus ernst. Das alles sind wertvolle Beiträge, um uns neu aufzustellen. Sie wissen doch – die Bank ist wie ein großer Tanker und eine Kursänderung eine komplexe Operation.«

Brenner geleitete Gutjahr bis zur Tür und verabschiedete ihn per Handschlag.

Gutjahr spürte beim Abgang im Rücken, wie ihn die grauen Augen taxierten.

Dieses »DAS. GEHT. SIE. NICHTS. AN« dröhnte noch in seinen Ohren, als er schnaufend sein eigenes Büro betrat. Und ob mich das was angeht.

26. Kapitel

Opatija

Träge hing Hans am Tresen der Hemingway Bar, musterte die Boote und Yachten auf dem stillen Wasser, beobachtete die vielen Katzen rund um das Hafenbecken. Fressen, sich putzen, herumstreunen, schlafen und wieder fressen, sich putzen und so weiter – tat er denn etwas anderes? Nichts als Langeweile. Immerhin waren da die Fahrt mit dem Schnellboot nach Venedig inklusive einiger luxuriöser Tage im Cipriani, dann das verlängerte Wochenende in Dubrovnik und Montenegro und die kleine Bergtour rund um Bled in Slowenien gewesen. Doch das Leben unter einer Sonne, die nicht enden wollte, begann ihn anzuöden. Nur reich und faul sein war auf Dauer nichts.

Hans schwang sich vom Barhocker, legte dem Barkeeper ein paar Kuna für den Drink hin. Für den Nachmittag hatte sich wenigstens noch ein Kunde in der Villa Tonja angesagt. Hans schlenderte zu seinem täglichen Rundgang im Angiolina-Park, hin zu den Libanonzedern, Himalayazypressen und japanischen Kamelien. Mal sehen, ob für die Villa Angiolina ein neues Konzert angekündigt war.

Irgendein Quartett war avisiert, Hans schaute gar nicht richtig hin. Er war in Gedanken bei Tonja. Wenn man sich zusammentat, legte man vieles auf den gemeinsamen Tisch, aber nicht alles. Sie war so einsilbig gewesen zuletzt. »Was ist los?«, hatte er gefragt, und sie hatte geantwortet: »Nichts.« Wenn Frauen das sagten, musste etwas im Busch sein.

Er spazierte Richtung Franz-Josef-Promenade. Hier im Herzen Opatijas gewann die Promenade eine repräsentative Breite, hier war eigentlich die große Bühne und genau hier standen immer noch die containerartigen Buden, die Hans ein Dorn im Auge waren. Flitterkram gab es dort zu kaufen für kleines Geld, Flip-Flops, Sonnenschutzöl, Schwimmflügelchen und Plastikenten, dazu die »Kronen-Zeitung« und die »BILD«. Hans war wieder einmal beleidigt. Auch sein Kaiser wäre indigniert gewesen.

An einem Kiosk auf der *Maršala Tita* kaufte er eine FAZ. Eine Story über die »neue« Frankfurter Altstadt hatte es in die überregionale Ausgabe geschafft. Hans las die Geschichte auf einer Bank an der Promenade, ihm wurde warm ums Herz. Das »Rote Haus« würde wieder erstehen, in erinnernder Anlehnung an das 1944 zerbombte Quartier, auch die »Goldene Waage«, der »Hühnermarkt« und die Gasse »Hinter dem Lämmchen«. Die neue Altstadt lag direkt neben seinem alten Laden. Was aus dem wohl geworden war und was aus seiner Wohnung im Westend? Seit seiner Flucht in jener Hitzenacht hatte er niemanden aus Frankfurt angerufen, nicht die wenigen alten Bekannten und auch nicht seinen Anwalt Dr. Zimmerli. Kein Zeichen zu geben war sicher auch ein Zeichen. Er hätte gerne gewusst, wo sich sein Durstewitz herumtrieb. Ab und an googelte er sich durchs Internet, doch weder Durstewitz noch die 200 Millionen tauchten irgendwo auf. Sehr seltsam. Tonja hatte gemeint, der Concom-Bank sei das peinlich, also sei Diskretion angesagt. »Aber natürlich suchen die nach dir.«

Bei der Erinnerung daran durchflutete Hans ein feiner Schauer des Unbehagens. Die 200 Millionen waren eine Riesensumme. Ihm wurde, wenn er sie sich vor Augen führte, immer etwas schwindlig. Auf der anderen Seite standen die beträchtlichen Kosten: für die Villa, die Reisen, die Autos, die Zwillinge, die gegrillten Hummer, nicht zu vergessen das Haarfärbemittel für seinen schwarzen Schopf. Das Geschäft mit dem Art-déco-Schmuck glich das keineswegs aus.

Hans erhob sich von der Bank, schüttelte seine Glieder. Er beruhigte sich. Tonja und Dr. Strozzi würden es schon richten, sie waren ja Profis in Sachen *Gälder*, vielleicht verdoppelten sie sogar bald den Jackpot. Dann könnte er in Frankfurt wiederauftauchen wie Kai aus der Kiste.

Hans ging Richtung Villa Tonja, ihm war nach Schwimmen. Gut, dass er heute keinen Kroatisch-Unterricht hatte. Die ältere Dame aus der besseren Gesellschaft von Opatija, die sich mit ihm durch die sieben Fälle mühte, war zwar reizend, eine glühende Kroatin. Sie fand es patriotisch, dass dieser nette Goran aus Deutschland zur Heimaterde zurückgefunden hatte. Aber die Sprache blieb ihm fremd, auch wenn er langsam die Grundlagen beherrschte. *Nema pro-*

blema, in Opatija kam er bestens mit Deutsch und Englisch durch.

Tonja sah blass aus, als sie am frühen Abend in der Villa erschien. Eine Woche lang war sie in Guguljak gewesen. Hans hatte keine Ahnung, was sie dort eigentlich veranstaltete. Er hatte den Tisch auf dem Balkon gedeckt, ein einfaches Abendessen mit *pršut*, dem guten istrischen Schinken, und Melone. Sie aßen schweigend. Hans ließ wie so oft die Bucht auf sich wirken, der Mond leuchtete diesmal in Blutorange. Ein leichter Wind stahl sich in die Bucht, kräuselte das Meer und trug einen leicht fauligen Geruch zu Hans und Tonja. Hans überkam eine jähe Sehnsucht nach regenschweren Wäldern, nach einer Landschaft, in der auch die Kälte eine Chance hatte, nach Schnee. Die Unruhe vom Vormittag kehrte zurück.

Er erinnerte sich an den letzten Herbst, als er Tonja wegen der bewaffneten Zwillinge angesprochen hatte, wegen des schnellen Autos und der Alarmanlage am Haus.

»Das ist rein vorsorglich«, hatte Tonja leichthin geantwortet. Und hinzugefügt: »Könnte ja sein, dass irgendjemand außerhalb der Concom-Bank von den verschwundenen 200 Millionen erfahren hat und uns besuchen möchte.«

Hans riss sich zusammen, zügelte seine Fantasie. Er wollte jetzt kein Gespräch führen, das in diese Richtung ging. Stattdessen fragte er Tonja: »Und, was machen unsere *Gälder*, wachsen und gedeihen sie? Wäre ihr gutes Recht nach über einem Jahr.«

Tonja ließ sich Zeit mit der Antwort, spießte sorgsam ein Stück Melone auf die Gabel und sagte dann: »Im Moment sind ertragreiche Investments schwierig, wir müssen in längeren Zeiträumen denken. Du musst dich bitte noch etwas gedulden. Aber das wird, keine Sorge.«

Hans zögerte, trank einen Schluck und griff nach ihrer freien Hand. »Mein Täubchen, du beschwindelst mich doch nicht?«

Ein Windhauch ließ die Kerzen auf dem Tisch flackern. Tonja zauberte jenen speziellen Augenaufschlag herbei, der Hans zuverlässig dahinschmelzen ließ. »Aber Schatz, das tue ich nur dann, wenn es unbedingt nötig ist.«

Hans lachte unsicher.

27. Kapitel

Frankfurt am Main

Martin Hillebrandt nippte nur am Apfelwein, das Rippchen mit Sauerkraut schmeckte ihm besser. Sie saßen im »Bären« in Frankfurt-Höchst. Gutjahr hatte das bodenständige Lokal weit draußen im Westen bewusst ausgewählt, es war keine Location für Leute, die Anzug mit Weste trugen. Er musterte sein Gegenüber. Hillebrandt hatte ein Dutzendgesicht, die braunen Haare zeigten schon die ersten Lichtungen. Mit dem unprätentiösen Kassengestell sah er harmlos aus. Gutjahr aber wusste, dass er klug und ehrgeizig war. Und er hatte Mut. Unverfänglich steuerte Gutjahr auf sein Ziel zu. »Hier kehrten früher gerne die ›Rotfabriker‹ ein.«

Hillebrandt blickte ihn fragend an.

Gutjahr fuhr fort: »So hießen die Beschäftigten eines Weltunternehmens, das es nicht mehr gibt. Die Leute, die bei den Farbwerken arbeiteten.«

Hillebrandt verstand. »Bei der guten alten Hoechst AG, zu ihrer besten Zeit der größte Pharmakonzern der Welt.«

»Der gegen Ende des letzten Jahrtausends zerschlagen wurde. Erst fanden das alle toll, danach wollte es keiner gewesen sein. Ausnahmsweise war unsere Concom-Bank nicht an diesem Irrsinn beteiligt.«

Hillebrandt schaute tief in sein geripptes Apfelweinglas und beschloss, noch einen Schluck zu wagen. Er lächelte. »Aber Sie haben mich sicher nicht so weit nach draußen gelockt, um mit mir über Industriegeschichte zu parlieren.«

Gutjahr beugte sich vor. »Nein. Es geht um etwas anderes: In unserer Bank läuft etwas ab, das mich persönlich in den Wahnsinn zu treiben droht.«

Hillebrandt hob die Brauen. Gutjahr hatte ihn schon als jungen Trainee gemocht; er war begabt, aber frei von Arroganz, er verwechselte eine Bank nicht mit einem Casino, er hatte ein Gefühl für das, was *man* tat, und das, was *man* nicht tun sollte.

Gutjahr erzählte ihm alles, was er wusste, und alles, was er ahnte, beginnend mit dem Tag, als Nellessen in sein Büro gestolpert war. Er schilderte, wie man Nellessen nach London weggelobt und ihn, Gutjahr, in diverse Luxusurlaube geschickt hatte, während sich die 200-Millionen-Affäre verflüchtigte. »Brenner hat den Vorgang an sich gezogen. Mir gegenüber spricht er von ›übergeordneten Interessen der Bank‹. Ich würde gerne wissen, welche. Ich begreife das Ganze nicht.«

Hillebrandt knetete seine Unterlippe. »Eine wirklich merkwürdige Geschichte. Haben Sie schriftliche Unterlagen?«

»Leider nein. Seinerzeit habe ich Brenner das gesamte Dossier übergeben müssen, eine Kopie gibt es nicht. Mein Versäumnis. Die Fehlüberweisung an Herrn Bäumler kam von der Phoenix Ltd. in Dublin. Haben Sie irgendeinen blassen Schimmer, womit die da drüben befasst sind? Laufen da Dinge, die man lieber unter der Decke hält?«

Hillebrandt schüttelte den Kopf. »Ich muss Sie enttäuschen, meines Wissens nach betreibt die Phoenix ganz normale Geschäfte. Sie finanziert Hotels und Golfzentren. Ach ja, auch Schafzüchter, in Irland gibt es mehr Schafe als Menschen. Ein braves, biederes Geschäft. Ich sehe ohne tieferen Einblick vorerst keine Abgründe.«

Gutjahr ließ sich nicht entmutigen. »Dann sollte man vielleicht genauer nachschauen oder, besser gesagt, tiefer graben.«

Hillebrandt senkte die Stimme. »Und ich soll, verstehe ich das richtig, rund um den Herrn Brenner etwas mitgraben?«

Gutjahr wusste, dass er etwas guthatte bei Hillebrandt und dass der das ebenfalls wusste. Er sagte: »Sie sind zwar viel jünger als ich, aber wir pflegen, wenn ich mich recht erinnere, dieselben Werte.«

Hillebrandt grinste. »Zu diesen Werten gehört auch, seine Vorgesetzten nicht zu hintergehen.«

»Ungewöhnliche Zeiten erfordern ungewöhnliche Handlungen«, erwiderte Gutjahr, ebenfalls grinsend.

Hillebrandt dachte lange nach, dann gab er sich innerlich einen Ruck. »Gut, ich besteige gastweise Ihr U-Boot. Aber ich muss sehr vorsichtig vorgehen.«

Gutjahr war erleichtert. »Ich danke Ihnen. Auch ich grabe meinen Möglichkeiten entsprechend weiter.«

Später auf der Straße hatten sie sich bereits verabschiedet, als sich Hillebrandt noch einmal umdrehte. »Sie wissen schon, dass Sie eine Menge von mir verlangen? Eine gewisse Kompensation, mag sie auch erst später erfolgen, würde mir das Graben sehr erleichtern.«

28. Kapitel

Guguljak

Vater Tihomir hing in einem wackligen Gartenstuhl unter dem Walnussbaum. Er warf die leere *Dingač*-Weinflasche hinter sich und griff nach einer Dose *Karlovačko Pivo*. Er riss die Dose auf und leerte sie in drei Zügen. Sein Gesicht war rot wie die Pfefferschoten in seinem Gewächshaus, die Augen glänzten. Hans hockte vor ihm im Gras und staunte. Tihomir hatte die Wüste der Trockenheit verlassen und trank sich zielstrebig ins Koma.

Wieder einmal war Hans spontan von Opatija nach Guguljak gefahren. Und nun das. Tonja war noch in Hongkong, sie würde erst morgen kommen.

Bei der Anfahrt hatte Hans bemerkt, dass Guguljak weiter aufblühte. Rund um die *Tvornica Kotlova* herrschte rege Betriebsamkeit, und der Wirt im »Fässchen« hatte einen Anbau für weitere Gästezimmer in Angriff genommen. In der Schachtel gab es ein neues Bad, die Jolle war verschwunden und hatte einem modernen französischen Bett Platz gemacht, was Hans fast ein wenig bedauerte. Tihomir hatte ihn überschwänglich begrüßt, umarmt und geküsst. »Schön, dass du da bist. Hätte sonst allein feiern müssen.«

Zunächst hatten sie sich dem Wein gewidmet, jetzt wandten sie sich dem Bier zu. Tihomir hatte bisher den Anlass der feuchten Entgleisung verschwiegen. Nun aber löste sich seine Zunge und er kam zur Sache. Just am Vortag habe TK einen Riesenauftrag an Land gezogen. »Wir bauen sämtliche Heizkessel für eine Großsiedlung in Slowenien, genauer gesagt, in Maribor. Das ist der Durchbruch, das wird unser Vorzeigeprojekt.« Verwaschen murmelte er: »Noch vorgestern waren wir eigentlich am Ende.«

Hans horchte auf. »Wie denn das? Ich dachte, Tonja hätte einen geduldigen Investor gefunden?«

Tihomir angelte sich eine zweite Dose. »Ja, ja, aber sie hat lange gezögert, Kapital nachzuschießen.«

»*Sie*? Ich dachte, es wäre ein Er, ein potenter Österreicher?«

Erschrocken schlug sich Tihomir auf den Mund. Dann brabbelte er: »Ich meine, sie, die Investmentgesellschaft. Woher soll ich überhaupt wissen, was du weißt …«

Hans sprang auf. »Gar nichts. Ich weiß gar nichts!«

Tihomir blickte ihn kläglich von unten her an. »Nu isses halt raus. Die *Tvornica Kotlova* gehört Tonja.«

»Ihr?«

»Ja, ganz alleine ihr.« Der Herr Chefingenieur schnurrte in seinem schwankenden Gartenstuhl zusammen. Er flüsterte: »Das alles hier in Guguljak, das alles kommt doch von ihr.« Tihomir vermied den Blickkontakt und suchte mit der Linken hinter sich nach weiterem Treibstoff. Nach einigen Verrenkungen hatte er eine Flasche goldgelben Slivovitz in der Hand. Er schraubte den Verschluss ab, nahm einen kräftigen Schluck, hustete und nahm noch einen. Dann sackte er zurück in den Stuhl, die Flasche baumelte in der Hand. Plötzlich kicherte er, im nächsten Moment verfiel er ins Weinen. »Morgen hör ich auf, ehrlich«, stammelte er und kippte wie in Zeitlupe seitlich mit dem Stuhl ins Gras.

Hans machte einen Sprung und rettete die Flasche.

Tihomir rollte sich auf dem Rasen ein wie ein Igel und begann röchelnd zu schlafen.

Hans setzte die Flasche an den Mund und ließ einen brennenden Strahl in seine Gurgel hinabrinnen.

29. Kapitel

Frankfurt am Main

»Schön, dass Sie doch noch Zeit für uns gefunden haben«, sagte Brenner und maß Johannes Gutjahr mit einem kühlen Blick. Er saß am Kopfende des langen Tisches, an dem sich der weitere Vorstand und die Direktoren im großen Konferenzsaal versammelt hatten.

Gutjahr suchte sich verwirrt ein Plätzchen am anderen Ende der »großen Lage«, die jede Woche ein Mal die Spitzen des Hauses in der Vorstandsetage versammelte. Er hatte noch genau im Ohr, wie das Büro Brenner ihm telefonisch die Verschiebung des Konferenzbeginns von 10 auf 11 Uhr mitgeteilt hatte. Und nun tagten sie doch schon seit 10.

Gutjahr spürte, wie es links und rechts von ihm gefror. Heute früh im Fahrstuhl hatten ihn zwei Direktoren kaum gegrüßt, sondern intensiv die Tastatur für die Stockwerke studiert. In der Kantine war auf einmal viel Platz um ihn und sein Tablett herum. Selbst der Pförtner erlaubte sich ihm gegenüber eine ungewohnte Lässigkeit.

Das Projekt »Concom 2025« hatte man ihm entwunden. Stattdessen war Gutjahr seit zwei Wochen Beauftragter für das 100-jährige Firmenjubiläum 2030. Das war zwar noch lange hin, dennoch sollte er schon Vorarbeiten für die Vorarbeiten zu diesem denkwürdigen Anlass in die Wege leiten.

Während der Vorstandsvorsitzende über das langsame Sterben der Filialen in der deutschen Bankenlandschaft lamentierte, war Gutjahr in Gedanken bei der Causa Bäumler. Die wurde offenbar so locker behandelt, als hätte ein erfolgreicher Antiquitätenmensch seine Kreditlinie nur mal eben ein bisschen überstrapaziert. Gutjahr schüttelte innerlich den Kopf. Von Hillebrandt hatte er bislang nichts gehört, der musste sich erst einarbeiten. Er würde jedenfalls, und das in jede Richtung, weiterbohren.

Anscheinend hatte Gutjahr bereits zu viel gebohrt, denn vor 14 Tagen hatte Brenner ihm per Mail das neue Aufgabengebiet zugeteilt. »Ich dachte, ich hätte mich zuvor klar ausgedrückt«, hatte Brenner geschrieben.

Gutjahr wusste: Nun würde es keine Einladungen ins Opéra mehr geben, keinen Darjeeling mit feinem Gebäck. Er stand sicher auch nicht mehr auf der Liste für den jährlichen Ausflug der Vorstände und Direktoren zum Rheingau-Musikfestival.

Die »große Lage« dauerte heute nicht lange, nur wenige meldeten sich zu Wort. Gutjahr schwieg wohlweislich auf seinem Plätzchen am Rand. Danach verzog er sich ohne Umweg in sein neues Büro. Es lag im 1. Stock, mit Aussicht auf den Hinterhof inklusive der Container für die Küchenabfälle der Kantine, flankiert von ein paar arthritischen Sträuchern.

30. Kapitel

Guguljak

Tonja stieg aus dem Taxi, das sie vom Flughafen Zagreb hergebracht hatte. Sie sah abgekämpft aus in ihrem schicken Businesskostüm, lächelte aber. Hans stand vor dem Eingang der Schachtel, die Arme verschränkt. Sie wollte ihm die ihren um den Hals legen. Er wich zurück, sagte leise: »Ich begrüße die Herrin der Heizkessel.«

Tonja erstarrte. Die Farbe wich ihr aus dem Gesicht – die Blässe unter der schwarzen Mähne stand ihr gut. Was nicht zu ihr passte, war die Kraftlosigkeit ihrer Stimme. »Du weißt es also?«

Er nickte grimmig. »Dein Vater hat sich verplappert. Aber erst nach schätzungsweise drei Flaschen Wein, einem Sixpack *Karlovačko Pivo* und einer halben Flasche Slivovitz.«

Sie blickte wie verloren um sich. Wie aufs Stichwort erschien Tihomir in der Türfüllung der Schachtel, graugrün im Gesicht. Er grüßte Tonja mit gesenkten Augen, murmelte etwas vor sich hin und schleppte sich tastenden Schritts Richtung Gewächshaus.

Hans folgte Tonja in die Küche an den Tisch unter der hölzernen Uhr, die unverdrossen die Zeit abarbeitete. Sie wischte verlegen einen nicht vorhandenen Fleck vom Tisch und begann stockend zu erklären: »So war das doch nicht geplant mit der *Tvornica Kotlova.* Es hat mich überrollt.«

Hans' Mitleid hielt sich in Grenzen. Die Enttäuschung fühlte sich stärker an. Sie vergiftete das ganze vergangene Jahr. »Mag ja sein, aber mir kommt das Ganze vor wie ein Plan, vor längerer Zeit ausgeheckt. Und alles hinter meinem Rücken.«

Tonja lächelte schief. »Du hättest doch nie zugestimmt, dass wir in die Firma investieren. Oder?«

»Weiß nicht, aber du hättest mit mir reden müssen.«

Tonja versuchte ihn zu streicheln, Hans zog die Hand zurück. Sie sagte: »Zunächst sollten es nur zehn Millionen sein, um die Firma wieder flott zu kriegen. Und mein armes Guguljak, das an dieser Firma hängt.«

»Und, sind zehn Millionen nichts?«

»Für die Gebäude hätte das gereicht. Aber nicht für die Löhne, für die neuen Werkzeugmaschinen, nicht für einen durchschlagenden Außendienst und die Werbung, nicht für die Vorfinanzierung der Projekte. Ich musste immer mehr nachschießen.«

»Wieviel hast du bislang von meinem Geld in den Heizkesseln versenkt?«

Sie antwortete spitz: »Na ja, ob es *dein* Geld ist, wäre noch zu diskutieren.«

»Wie viel?«

Sie flüsterte: »50.«

Hans blieb die Luft weg. Ein Viertel seines vom Frankfurter Himmel gefallenen Schatzes war verdunstet.

Tonja sagte kläglich: »Das Geld ist doch nicht verschwunden. Im Gegenteil, es ist gut angelegt. Die Firma läuft, zumindest kommt sie ins Laufen. Es ist auch *unsere* Firma.«

Hans erhob sich. »Ich brauche Bewegung.«

»Darf ich mitkommen?«

Er nickte widerwillig.

Sie gingen den Weg zwischen den hohen Gräsern Richtung Ortszentrum – schweigend. Hans musterte die frisch verputzten Häuser, die neuen Autos in ihrem glänzenden Lack, die Hühner, die fetter aussahen denn je. Alles von meinem Geld. Ich ernähre ganz Guguljak. Tihomir und die acht Onkel lachten sich sicher schief über den dummen Deutschen, den *glupi nijemac*.

Vor dem »Fässchen« meinte Tonja: »Möchtest du vielleicht eine kleine exklusive Führung durch die Firma?«

»Auf keinen Fall. Am Ende lassen mich die Leute in der *Tvornica Kotlova* noch als ihren Wohltäter hochleben.«

In der Kneipe nahmen sie einen *gemišt* zu sich, dazu aus alter Gewohnheit getrockneten Schinken und Maisbrot. Hans starrte stumm auf die Jukebox, Tonja prüfte angestrengt ein paar Krakelés im Anstrich der Decke. Sie wirkten wie ein Paar nach langem Ehemartyrium.

Schließlich brach Tonja das Schweigen. Sie sagte: »Das ist leider noch nicht alles.«

31. Kapitel

Frankfurt am Main

Was Brenner wohl gerade trieb auf seiner Kommandohöhe im Concom-Himmel? Gutjahr kniff die Augen zusammen. Vom Aussichtsturm des Großen Feldbergs im Norden Frankfurts war die Hochhauslandschaft in der City sehr gut zu erkennen, ganz entfernt zeichnete sich der Odenwald ab. An besonderen Tagen, wusste Gutjahr, konnte man sogar bis Straßburg sehen. Neben ihm stand Hillebrandt, beide in Wanderschuhen und sportlichen Hosen. Gutjahr hatte seinen Mitstreiter für eine samstägliche Wanderung rund um das Hochplateau gewonnen, das den Taunus beherrschte.

»Brenner fährt momentan das klassische Mobbing gegen mich. Ich hätte es wissen müssen, ich kenne ihn schon seit zehn Jahren«, sagte Gutjahr.

»Ja, mit Ihnen sollte man sich besser nicht sehen lassen, Sie sind auf striktem Wege zur Unperson. Zu mir ist Brenner durchaus zuvorkommend. Ich funktioniere auch rund um die Uhr für ihn.«

»Schade nur, dass Sie bislang nichts haben finden können.« Gutjahr seufzte. Er wandte sich zum Abstieg. Jäh überwältigte ihn auf der Treppe die Mutlosigkeit. Wozu tue ich mir das alles an, es sind ja nicht meine

200 Millionen. Aber etwas rief ihn zur Ordnung, flüsterte: Mach weiter, das bringen wir jetzt zu einem Ende.

Sie spazierten zum Brunhildisfelsen hinüber, schauten in die Weite des Usinger Lands, genossen die kühle, klare Luft.

Hillebrandt ließ sich auf dem Felsen nieder und streckte die Beine aus. »Ich habe Zugang zu den wesentlichen Vorgängen auf Vorstandsebene und mir alles gründlich angeschaut.«

Gutjahr nahm neben ihm Platz und bohrte erneut: »Es gibt es wirklich nichts Auffälliges?« Fast verzweifelt hoffte er auf eine günstige Antwort, auf irgendetwas, ein Fitzelchen, ein Detail.

Hillebrandt zog die Schnürsenkel seiner Schuhe fester, dachte einen Moment nach und meinte dann leise: »Ich muss Sie enttäuschen, alles bewegt sich im üblichen Rahmen, bis vielleicht auf eine Sache.«

»Und die wäre?«

»Brenner ist oft persönlich in Dublin bei der Phoenix. Normalerweise kümmert sich ein Vorstandsvorsitzender nicht um Petitessen wie die Finanzierung von Golfanlagen. Andererseits ist er begeisterter Golfer. Wahrscheinlich ist es nur eine kleine, private Zerstreuung, auf die ich gestoßen bin. Ich hatte selbst einmal Gelegenheit, mit ihm über 18 Löcher zu gehen. Er ist ziemlich gut.«

Nach einer erneuten Runde um das Gipfelplateau stapften sie zum Parkplatz, wo ihre Autos warteten.

Beim Abschied klopfte Gutjahr Hillebrandt auf die Schulter. »Wer weiß, wie lange ich mich bei der Concom noch halten kann. Also, graben Sie bitte weiter.«

32. Kapitel

Opatija

Auf der Autobahn Richtung Süden aktivierte Hans den Tempomat des Toyota. Sein Kreuz schmerzte von der unbequemen Nacht auf der Sitzbank in Tihomirs Wohnküche. Tonja hatte sich zum Schlafen ins Gästezimmer verkrochen. Nun hing sie neben ihm im Beifahrersitz wie ein Schmetterling mit gebrochenen Flügeln.

Sie fuhren durch das Risnjak-Gebirge nördlich von Rijeka. Seit dem Frühstück hatten sie kein Wort mehr miteinander gewechselt. Wenige Kilometer vor Rijeka tauchte in der Ferne ein kleiner hellblauer Ausschnitt im Blickfeld auf. Das Meer, schimmernd im Sonnenglast. Hans erinnerte sich daran, wie hier sein Herz bei allen Fahrten zuvor einen Sprung gemacht hatte.

Heute aber war eine ungeheure Leere in ihm. Kein Wunder, nach dem zweiten Geständnis, das ihm Tonja häppchenweise im »Fässchen« und dann auf dem Nachhauseweg serviert hatte.

In Rijeka, kurz vor der Abzweigung zur Straße nach Opatija, fragte Hans: »Wann genau kommt dein Dr. Strozzi?«

»Gegen 18 Uhr. Er wird bei uns übernachten.«

Ein plötzlicher Zorn flammte auf in Hans, rüde schnitt er beim Wechsel der Fahrspur ein holländisches Wohnwagengespann. »Was habt ihr euch nur dabei gedacht?«

Tonja richtete sich in ihrem Sitz auf. »Wir wollten nicht mehr und nicht weniger, als mit einem Schlag unsere Probleme lösen. Der Tipp war todsicher.«

»Wie todsicher, das wissen wir jetzt. Alles auf eine Karte setzen – seid ihr wahnsinnig?«

Sie blickte ihn unglücklich an. »Ich bin das Risiko für *dich* eingegangen. Ich wollte das Loch stopfen, das Guguljak gerissen hat. Damit du irgendwann mit deiner Concom ins Reine kommst.«

Hans lachte grimmig. »Jetzt hocken wir in einem Loch, das größer ist als ganz Guguljak.«

Am Abend war Drago in der Villa Tonja pünktlich zur Stelle, er machte keinen sonderlich niedergeschlagenen Eindruck, ihn umgab eher ein ruhiger Fatalismus. Hans war unklar, was daran aufgesetzt war.

»Es ist, wie es ist«, sagte Drago zur Begrüßung.

Sie setzten sich zusammen ins Wohnzimmer, Tonja servierte *Jamnica*-Mineralwasser. Dann holte sie die letzten Salden aus ihrem Safe neben dem Bidet.

Drago zog ebenfalls ein paar Papiere aus seiner Aktentasche aus hochfeinem Leder. Er seufzte. »Uns hat ein schwarzer Schwan erwischt. Ich kenne Hedgefonds, die haben an einem einzigen Tag eine ganze Milliarde verloren. So ist das in diesem Spiel.«

Hans erwiderte tonlos: »Das tröstet mich nicht. Wir sollten jetzt Kassensturz machen, bisher kenne ich ja nur die groben Umrisse.«

Tonja und Drago wechselten einen kurzen Blick, ehe sie sagte: »Wir hatten für diese Operation 150 eingesetzt. Und wir konnten damit rechnen, gut 50 damit zu verdienen.«

Hans erwiderte: »Ich verstehe kein Wort.«

»Wir hatten sichere Informationen darüber, dass ein US-Autobauer alle seine SUVs zurückrufen muss. Probleme mit den Bremsen. Das wussten aber nur Insider«, meinte Drago.

»Und dann?«

»Wir haben uns Aktien des Unternehmens geliehen, für etwa 150. Diese Aktien standen hoch im Kurs, wir haben sie sofort zu dieser hohen Notierung weiterverkauft. Vor einer Woche sollte der Autobauer öffentlich Farbe bekennen, der Kurs seiner Aktien wäre in den Keller gerauscht. Wir hätten uns sehr preiswert am Markt erneut mit den Aktien eindecken können, um sie dem Leihgeber zurückzugeben. Uns wäre ein satter Gewinn geblieben. Dieses Short Selling ist eine Spekulation auf fallende Kurse, man nennt das Leerverkauf.« Drago schien nun doch etwas mitgenommen, nachdenklich nippte er am Mineralwasser.

Hans lachte schrill. »Ihr verkauft etwas, das euch gar nicht gehört? Erinnert mich an die *Bisnissmän* aus dem ›Fässchen‹.«

Drago schob sein Kinn vor. »Geld zu verdienen bei fallenden Kursen ist eine hohe Kunst.«

Hans hatte die Operation noch immer nicht ganz begriffen. »Und warum hat Short Selling nicht geklappt?«

Tonja erklärte: »Weil der Autobauer völlig überraschend verkündete, dass er eine revolutionäre Batterie für seine E-Cars serienreif hat. Die Börsen haben gejubelt, die Sache mit dem Rückruf geriet in den Hintergrund. Der Kurs der Aktien schoss durch die Decke. Er steigt nach wie vor. Und wir müssen spätestens übermorgen die Aktien kaufen, denn dann läuft die Leihfrist aus.«

Eine übermächtige Stille drang in das Wohnzimmer ein. Kurz darauf vom Meer her die Schreie von Vögeln. Schwarze Schwäne, dachte Hans. Er fragte leise: »Wie viel werden wir verlieren?«

Tonja schaute wie ein gehetztes Reh. »130, vielleicht 140. Wir müssen die einzelnen Kontrakte noch durchgehen.«

Erst in diesem Moment realisierte Hans vollständig, dass er aus einem Rennen ausgeschieden war, an dem er nicht wirklich teilgenommen hatte. Er sprang auf, nahm die Wasserflasche und schleuderte sie an die linke Wand des Wohnzimmers, wo sie mit einem hässlichen Klirren zerschellte. Er schrie: »Ihr gottverdammten Idioten, ihr Amateure, ihr … ach, was weiß ich.«

Tonja verfolgte seinen Wutausbruch mit einem Blick, in dem überraschte Anerkennung lag. Drago sah interessiert zu, wie sich an der weißen Wand ein dunkler Fleck ausbreitete.

Keuchend setzte sich Hans und murmelte: »Dann sind wir wohl wieder arm.«

Tonja meinte: »Nicht ganz. Wir haben noch ein paar Millionen. Und vergiss die Firma nicht.«

Hans schüttelte den Kopf. »In der das Geld gebunden ist.«

Er verfiel ins Brüten und wandte sich anschließend an seine Mitstreiter. »Haben meine Short Seller irgendwelche Vorschläge?«

Drago hielt sich bedeckt, während Tonja überlegte: »Die Villa können wir bis auf Weiteres halten, hoffe ich wenigstens. Ansonsten müssen wir uns etwas einschränken. Wir sollten das Art-déco-Geschäft ausbauen und hoffen, dass sich die *Tvornica Kotlova* gut entwickelt.«

Hans winkte ab. »Ich muss diese Katastrophe erst einmal verdauen.« Er deutete mit einem Zeigefinger nacheinander auf die beiden. »Dir, mein Täubchen, bin ich böse, unendlich böse. Und Ihnen noch mehr, mein Herr Dr. Strozzi.«

Drago sah nun endgültig angegriffen aus, das Pausbäckchen hatte hohle Wangen. »Vergiss nicht, dass auch ich bluten muss.«

»Wieso, ihr habt doch *mein* Geld verjubelt!«

»Drago hat seine fünf Millionen Provision eingesetzt, dazu seine anderweitigen Reserven. Alles weg«, sagte Tonja. Drago nickte bestätigend.

Hans blickte ihn ungläubig an. »Wirklich? Haben dir die fünf nicht gereicht?«

Drago zuckte die Schultern. »Es ging nicht ums Geld. Es war der überwältigende Reiz des Deals. Das liegt mir im Blut, ich kann nicht anders.«

Hans war all das zuwider. Da saßen sie, seine beiden Zocker, und rechneten sich durch ihre elenden Papiere. »Für heute habe ich genug von euch«, verkündete er und verließ das Wohnzimmer. In der Küche griff er sich eine Flasche Rotwein, im Schlafzimmer Kopfkissen und Decke. Dann stieg er nach oben in sein Turmzimmer. Der Leerverkauf begleitete ihn auf den Stufen, es war schon sagenhaft, auf welche Ideen die Leute kamen.

Gegen Mitternacht klopfte es zaghaft. Hans antwortete nicht. Die Tür öffnete sich, Tonja huschte herein und in sein provisorisches Bett. Sie wollte seinen Kopf streicheln, doch er drehte ihr den Rücken zu und fauchte: »*Jebi se.*«

33. Kapitel

Opatija

Am nächsten Vormittag schlichen Hans und Tonja vor der Hemingway Bar wie die Katzen umeinander herum. Gegen Mittag verzog sie sich mit Drago in den Garten, wo sie unter einem Magnolienbaum eine Matte ausgebreitet hatte. Da saßen die beiden Leerverkäufer mit krummen Rücken und scrollten sich mit düsteren Mienen durch ihre Notebooks, dabei leise palavernd. Ein Zwilling pflanzte in diskreter Entfernung neue Büsche, der andere weißte den Wutausbruch im Wohnzimmer nach.

Kurz machte Hans bei den beiden auf der Matte halt. Drago blieb seinen Zahlenkolonnen verhaftet, aber Tonja schaute bittend hoch und meinte: »Es ist doch nur Geld.«

Hans lachte bitter. »Das sagen immer die, die genug davon haben.« Dann stieg er erneut in sein Turmzimmer. Die längst verdrängte Grabplatte hatte sich wieder über ihn gesenkt. Es war alles so ruhig gewesen vor den Verwerfungen mit Durstewitz und seiner Zeit mit Tonja. Was für eine Achterbahnfahrt! Nun war er heimatlos, musste auf ewig in Opatija bleiben und reichen, kropfköpfigen Österreicherinnen Schmuck verklickern. Oder, wenn es noch weiter abwärts ging, Heizkessel in Guguljak.

Im Turmzimmer wählte er für das, was anstand, den bequemen Lounge Chair von Eames. Während er in seinem zerfledderten Notizbuch nach einer Frankfurter Telefonnummer suchte, überschwemmten ihn schmerzliche Wellen. Es war natürlich nicht sein Geld gewesen. Aber er hatte sich so schön daran gewöhnt.

Lieber ein Ende mit Schrecken als ein Schrecken ohne Ende, versuchte Hans sich mit einer Plattitüde zu beruhigen und wählte die Nummer mit der Vorwahl 004969. Sein erster Kontakt mit der Heimat seit anderthalb Jahren. Wohin das führen würde, war ihm völlig unklar, doch er musste etwas tun.

Die Sekretärin stellte ihn ohne jede Verzögerung durch, und Hans vernahm die sonore Stimme seines Anwalts Dr. Friedrich Zimmerli.

»Herr Bäumler, welche Überraschung!«

»Ja, ich lebe.«

Dr. Zimmerli räusperte sich. »Gehe ich recht in der Annahme, dass Sie im Moment dennoch nicht am Bruttoinlandsprodukt der Bundesrepublik Deutschland mitwirken?«

»So ist es. Aber ich werde Ihnen nicht sagen, wo ich bin.«

»Lieber Herr Bäumler, das will ich auch gar nicht wissen. Sagen Sie nur, was ich für Sie tun kann.«

»Sie erinnern sich sicher an die Sache mit meinem Partner Durstewitz und die Probleme mit meiner Hausbank. Ich hatte Sie gebeten, mich zu vertreten. Hat sich vielleicht was getan? Ist ja schon länger her.«

»Das kann man wohl sagen. Zu Ihrem Durstewitz habe ich zwei Nachrichten, eine gute und eine schlechte.«

»Na dann, wenn ich zuerst um die gute bitten dürfte.«

»Herr Durstewitz wurde vor vier Monaten in einer Pension im Frankfurter Bahnhofsviertel festgenommen. Wegen Betrugs und gewisser anderer Kleinigkeiten. Er sitzt derzeit in Untersuchungshaft.«

»Und die schlechte?«

»Durstewitz hat die vier Millionen in den allgemeinen Wirtschaftskreislauf geschleust und ist so liquide wie eine Kirchenmaus in der Uckermark. Die Spielbanken in Baden-Baden und Bad Homburg haben es bezeugt. Tut mir sehr leid für Sie, lieber Herr Bäumler.«

Hans hatte Ähnliches erwartet. Er sagte: »Das ist nicht so wichtig.«

»Sondern?«

»Was ist mit der Concom-Bank, was ist mit meinem Geschäft?«

Dr. Zimmerli wechselte in den Tonfall eines gemieteten Trauerredners. »Ein Insolvenzverwalter wurde eingesetzt, der Ihr hiesiges Eigentum in seine Obhut nahm. Leider kam es zu einer Zwangsversteigerung, den exakten Ertrag muss ich in meinen Akten nachlesen. Aber es war überschaubar. Das Ganze floss an die Concom sowie an einen weiteren Gläubiger.«

»An wen?«

»An mich. Ich bitte um Verständnis dafür, denn meine letzten Kostennoten für Sie liefen ins Leere.«

Hans sagte: »Aber Herr Zimmerli, das ist völlig in Ordnung. Mich wundert vielmehr, dass ich nichts über die Concom gehört habe.«

»Ich hatte das Vergnügen, einem der Herren von der Bank bei der Versteigerung zu begegnen. Immerhin geht es um aktenkundige vier Millionen.«

Hans richtete sich in seinem Sessel auf. »Vier? Nicht 200?«

»Um Gottes willen, nein. Wie kommen Sie auf diese horrende Summe?«

Dr. Zimmerli war ein jovialer Endsechziger, den so leicht nichts aus der Fassung brachte. Er habe schon alles erlebt und auch das Gegenteil davon, war sein Lieblingsspruch. Hans musste grinsen. Dann bringen wir dich mal aus der Fassung.

»Die Concom-Bank kriegt 204 Millionen von mir, die Zinsen nicht eingerechnet.«

Am Telefonapparat weit nördlich der Alpen herrschte Stille. Hans klopfte auf sein Gerät. Raum und Zeit zwischen ihnen rauschten, bevor sich Dr. Zimmerli fing. »Könnten Sie das bitte wiederholen?«

Hans tat es mit Vergnügen. »Die Concom-Bank hat mir vor anderthalb Jahren aus Versehen 200 Millionen gutgeschrieben. Es waren exakt 200.101.657 Euro – äh, und 22 Cent.«

»Donnerwetter!«

»Ja, so etwas soll vorkommen.«

Dr. Zimmerli begann zu verstehen. »Und Sie haben diese plötzliche Veränderung Ihrer Vermögensverhältnisse zum Anlass für einen Ortswechsel genommen?«

»Ja, kurz gesagt, ich bin mit dem Geld abgehauen.«

In der Stimme des Anwalts schwangen Respekt mit und ein Hauch von Neid, als er fortfuhr. »Eine Option, die sich irgendwie aufdrängte. Aber, mein Lieber, womit kann ich Ihnen aktuell dienen?«

Hans nahm alle Kraft zusammen. »Was droht mir, wenn ich nach Frankfurt zurückkehre? Ich weiß nicht einmal, wessen ich mich juristisch schuldig gemacht habe – der Unterschlagung oder des Betrugs oder etwas anderem?«

»Sie wollen wissen, wie die Tarife sind? Legen Sie mich nicht fest. Den meinen kenne ich selbstverständlich, den Ihren schätze ich auf zwischen fünf und acht Jahre. Förderlich wäre es natürlich, wenn Sie Ihre Konten bei der Concom glattstellen.«

»Wenn ich aber das Geld nicht mehr habe?«

»Das wäre allerdings suboptimal.« Dr. Zimmerli überlegte kurz, dann fuhr er fort: »Lassen Sie mich bitte zunächst die einschlägigen Urteile studieren. Morgen könnte ich Ihnen Näheres mitteilen. Wollen Sie mich wieder anrufen, in 24 Stunden?«

»So machen wir es.«

Hans lag die ganze Nacht wach. Seine Ängste wucherten. Er schauderte bei dem Gedanken ans Gefängnis. Er stellte sich die Wärter mit den schlechten Manieren vor, das miese Essen, die Mithäftlinge, die sicher unangenehm rochen. Ganz abgesehen von der stillosen Möblierung der Zellen.

34. Kapitel

Frankfurt am Main

Johannes Gutjahr hustete, die Luft war staubtrocken im Archiv der Concom-Bank. Der fensterlose Raum mit den langen Regalen zählte nicht zu den Machtzentren in der Bank, Gutjahr hatte sich durchfragen müssen bis in diese entlegene Ecke des Kellergeschosses. Nicht einmal frischen Kaffee gab es hier, dafür einen verdorrten Archivar, der ihm immer neue Faszikel herbeischleppte.

Gutjahr rückte den Knoten seiner Krawatte zurecht und las weiter, ab und zu machte er sich Notizen. Er hatte ohne jede Lust mit der Fronarbeit am Projekt »100 Jahre Concom-Bank« begonnen, doch je mehr er sich in die alten Geschäftsberichte und Vorstandsprotokolle vertiefte, in die betuliche Werbung von einst, desto mehr Spaß gewann er daran. Er hatte auch schon ein Motto für die Jubiläumsfeierlichkeiten 2030: Zukunft braucht Herkunft. War nicht von ihm, klang aber gut.

Er machte es sich so bequem, wie es eben ging auf dem dreibeinigen Schemel vor dem antiquierten Holztisch, und öffnete eine neue Dokumentenmappe. Die Unterlagen aus entschwundenen Jahren warteten mit Neuigkeiten wie dem Gehaltskonto für Arbeiter und kleine Angestellte auf, sie erzählten von Volksaktien, Sparbriefen, dem Euroscheck, den ersten Kreditkarten. Als Azubi war er selbst Teil jener Zeit gewesen, als die Concom ein Partner der Privatkunden und des Mittelstands gewesen war. Die Bank hatte ordentlich verdient, alle waren zufrieden gewesen. Keine Exzesse, keine koksenden Investmentbanker, die mit dem Ferrari in die Tiefgarage der Bank geröhrt kamen. Die gute alte Zeit. Heute war fraglich, ob es die Concom überhaupt bis 2030 schaffen würde.

»Brauchen Sie noch etwas?« Der Verdorrte blickte Gutjahr beflissen an. Seine Jacke stammte wohl aus der Zeit, als Angestellte ihr Gehalt monatlich bar in einer Tüte erhielten, fuhr es Gutjahr durch den Kopf. Offenbar bekam er in den Katakomben nur selten Besuch von oben und wollte Gutjahrs Gegenwart auskosten.

Gutjahr lächelte freundlich. »Sie sind hier sehr gut sortiert. Aber vielen Dank, für heute ist es gut. Ich komme morgen wieder.« Er verabschiedete sich. Ihm war eingefallen, dass er noch ein Parallelprojekt hatte. Er ging zurück ins Büro, wo seine Sekretärin gerade einen ihrer Jubiläumsschals strickte. Mittlerweile müsste ihre Produktion für die gesamte Concom-Belegschaft reichen, dachte Gutjahr.

Den Anruf hatte er eigentlich von zu Hause aus erledigen wollen. Ach was, das mache ich gleich hier, sagte er sich. Er wählte eine Direktnummer in London und hatte Glück, denn Nellessen war am Platz und nicht in seinem Club, um Englisch zu lernen. Gutjahr kam ohne Umschweife zur Sache. »Lieber Herr Nellessen, Sie erinnern sich bestimmt an die Sache mit Hans Bäumler.«

Nach einer längeren Pause sagte Nellessen: »Äh, bitte helfen Sie mir auf die Sprünge.«

»Es geht um die fehlgeleiteten Millionen, das vergisst man doch nicht.«

Erneutes Schweigen. Dann erwiderte Nellessen: »Mit dem Namen kann ich etwas anfangen, aber nicht mit einer Fehlbuchung.«

Gutjahr wurde heftig. »Nellessen, wissen Sie tatsächlich nicht mehr, wie Sie damit vor anderthalb Jahren in mein Büro kamen?«

Die Stimme aus London klang, als käme sie vom Grund der Themse. »Lieber Herr Gutjahr, daran kann ich mich beim besten Willen nicht erinnern.«

35. Kapitel

Opatija

»Haben Sie einen Stuhl zur Hand?«

»Ich sitze auf einem.«

Hans hatte Anwalt Dr. Zimmerli wie vereinbart angerufen.

»Sehr gut, denn es könnte Sie umhauen.«

Was sollte mich noch umhauen, dachte Hans, entspannte sich in seinem Charles Eames und lockerte seine Halsmuskulatur.

Der Anwalt fuhr fort: »Also, da gab es 1999 den Fall, dass eine deutsche Großbank einem Kunden aus Versehen 12,9 Millionen Mark gutschrieb. Dem ging es gerade nicht sonderlich. Er hat mit dem überraschenden Segen Rechnungen beglichen und Firmen, an denen er beteiligt war, Geld zukommen lassen. Bei einer anderen Bank hat er schließlich fünf Millionen Mark eingezahlt. Das waren insgesamt 25 Transaktionen.«

Hans wurde ungeduldig. »Und, was ist ihm passiert?«

Behäbig sagte Dr. Zimmerli: »Ein Landgericht hat ihn wegen Betrugs zu einer Freiheitsstrafe von fünf Jahren verurteilt.«

Hans rutschte tiefer in den Eames hinein. »Bei 200 Millionen komme ich da ja auf lebenslänglich!«

»Gemach, gemach, lieber Herr Bäumler. Der Verurteilte hat Revision eingelegt. Der Bundesgerichtshof hat das daraufhin im Jahr 2000 anders gesehen als das Landgericht. Der Angeklagte wurde freigesprochen.«

Hans war Sekunden lang stumm, dann sagte er tonlos: »Das glaube ich nicht.«

Dr. Zimmerli entgegnete: »So geht es mir auch mit manchen Urteilen. Aber Sie können sicher sein – Sie haben sich keiner strafbaren Handlung schuldig gemacht. Ich war selbst überrascht, doch das ist derzeit die geltende Rechtsprechung.«

Hans war wie betäubt. Er fragte stockend, als könne er seinem eigenen Denken nicht folgen: »Wie kamen die Richter darauf? Folgte das einer Logik, der ich nicht zu folgen vermag?«

»Ich versuche, es für Sie zu übersetzen: Wer betrügt, handelt mit Vorsatz, er täuscht. Das aber war bei Ihnen nicht der Fall. Sie haben Ihrer Bank Überweisungsaufträge erteilt, die völlig in Ordnung waren, weil Ihr Konto gedeckt war. Wie und warum es gedeckt war, spielt juristisch keine Rolle.«

»Nur dass es nicht mein Geld war.«

»Das tut nichts zur Sache. Locker ausgedrückt, ist es das Problem der Bank, dass sie Ihnen das Geld gutgeschrieben hat. Sie als Kontoinhaber haben nicht die Pflicht, die Bank auf Fehlbuchungen hinzuweisen.«

Hans setzte zum Höhenflug an. »Da habe ich mich die ganze Zeit umsonst geängstigt?«

»So sieht es aus. Allerdings …«

»Ja?«

»… hat die Bank natürlich Anspruch auf Rückerstattung der 200 Millionen.«

Hans landete wieder. »Schade.«

Dr. Zimmerli meinte begütigend: »Jetzt freuen Sie sich erst mal. Die Bank hat nichts als eine zivilrechtliche Forderung an Sie. Wie Sie damit umgehen, sollten wir in Ruhe bereden.«

Hans dankte. »Wir bleiben in Verbindung.«

Er verließ das Turmzimmer und stieg hinunter auf den Balkon. Dort saß Tonja und starrte aufs Meer. Sie hatte dunkle Ringe um die Augen, die Haare waren ungepflegt, sie trug ein T-Shirt vom Vortag. Täubchen ließ sich gehen.

»Ich habe Neuigkeiten«, sagte Hans und ließ sich im Stuhl neben ihr nieder.

Sie blickte ihn leblos an.

Er berichtete, was sein Anwalt ihm erzählt hatte.

Ihre Augen wurden immer größer. »Ehrlich? Das ist ja kaum zu fassen.«

»Hab ich Dr. Zimmerli auch gesagt.«

»Und der kann sich nicht irren?«

»Nein, Dr. Zimmerli ist so präzise wie ein Schweizer Uhrwerk.«

Vorsichtig lehnte sie sich an ihn, er wich nicht zurück, ihre Hände fanden sich.

Zwei Stunden später stand Tonja singend unter der Dusche, Hans lag noch im Himmelbett. Dann wühlte er sich heraus und ging an eines der hinteren Fenster, die den Blick auf die Berge hoch über Opatija eröffneten. Dort sollten wilde Bären hausen, hatte er gehört. Sein Hochgefühl bekam einen Knacks und versickerte langsam. In Frankfurt wartete zwar kein vergittertes Apartment auf ihn, aber immer noch ein Schuldenberg ohnegleichen.

Tonja kam aus dem Bad, ihr Haar eingewickelt in einen weißen Handtuchturban, sie roch wunderbar. Sie zog Hans vom Fenster zurück ins Himmelbett und sagte: »Bleib doch für immer hier, ein bisschen was haben wir ja noch. Ist das so schlecht?«

Er seufzte. »Es ist wunderschön in Opatija, auch dein Guguljak hat seinen Reiz. Aber das mit den Schulden, mit dem falschen Pass und dem neuen Gesicht – ich kann es einfach nicht auf Dauer.«

Tonja erwiderte leise: »Weißt du noch, wie wir uns kennenlernten? Du hattest nichts, ich wollte dich trotzdem. Ich will dich noch immer.«

Hans küsste sie. »Gleichfalls. Ich will ja nicht gleich morgen zurück nach Frankfurt. Aber ich will es jederzeit können. Das ist das Wesen der Freiheit.«

Tonja sprang aus dem Bett. »Ich schicke Branko mit einer Nachricht zu Drago, der muss das unbedingt wissen.« In der Tür hielt sie inne. »Bundesgerichtshof – das klingt eigentlich zum Fürchten, sehr deutsch. Doch anscheinend sind die ganz nett.«

Zehn Minuten später hörte Hans die Ducati loswummern.

Am nächsten Morgen hupte ein schmutziger Fiat 500 vor der Villa. Drago schälte sich in Jeans aus dem Winzling und eilte gut gelaunt auf Hans zu. Seine Haare standen frech nach oben, er umarmte ihn und tönte: »Gelobt sei eine Rechtsprechung, in der der freie Unternehmer noch etwas gilt.«

Hans hob die Hände. »Aber …«

Drago klopfte ihm auf die Schulter. »Kein ›aber‹. Ich hätte da eine Idee.«

36. Kapitel

Frankfurt am Main

»Wir sollten mal wieder ein Bier miteinander trinken, ich habe Neuigkeiten.« Es war schon gegen Mitternacht, als Hillebrandt anrief.

Gutjahr reagierte sofort. »Aber gern! Wie wäre es morgen, 19 Uhr, in der Oberschweinstiege?«

Das Ausflugslokal lag im Stadtwald im Süden Frankfurts, an einem Weiher mit Buchten und Inselchen, im

Volksmund »Vierwaldstättersee« genannt. Es war noch warm, als Gutjahr pünktlich eintraf und es sich an einem der Tische draußen bequem machte. Er war gerne hier, mitten unter den Anglern, den Fahrradfahrern und Joggern. Und er war neugierig, endlich tat sich was.

Hillebrandt kam eine halbe Stunde zu spät, er sah müde aus. »Sorry, aber bei uns ist die Hölle los. Ich musste mich mehr oder weniger aus dem Büro stehlen.«

Er bestellte sich ein Weizenbier, während Gutjahr unruhig auf seinem Stuhl hin und her rutschte. Allmählich begann der Biergarten sich zu leeren.

Hillebrandt nahm einen großen Schluck, dann sagte er: »Eigentlich dürfte ich Ihnen das alles gar nicht erzählen.«

Gutjahr vibrierte vor Neugier. »Oh doch, ich gestatte es Ihnen.«

Hillebrandt lächelte, wurde aber gleich wieder ernst, schaute sich verstohlen um und flüsterte, fast ohne die Lippen zu bewegen: »Brenner sitzt auf einem Pulverfass.«

Gutjahr umklammerte sein Glas. »Inwiefern?«

Hillebrandt versuchte es noch leiser. »Unter seiner Federführung wurde nach der Finanzkrise ein neues Geschäftsfeld erschlossen. Die Concom hat deutschen Firmen, die mit etwas speziellen Mitgliedern der Völkerfamilie Geschäfte machten, ihre stützende Hand gereicht. Ich habe bislang keine belastbaren Fakten dazu, aber viele Indizien. Das ergibt ein gewisses Bild.«

Gutjahr war elektrisiert. »So in der Preisklasse Nordkorea?«

Hillebrandt nickte. »Iran, als das Land noch mit der Achse des Bösen unterwegs war, Nordkorea, Assad, wir waren anscheinend bei keinem Schurkenstaat nicht dabei.«

Gutjahr pfiff durch die Zähne. »Die standen oder stehen doch alle unter einem US-Embargo.«

»Ja. Und wen die US-Behörden bei solcherart Geschäften erwischen, dem geht es richtig an den Kragen. Die Concom muss zittern, weil sie mit Filialen in den USA präsent ist.«

Gutjahr nickte. »Wenn sich eine Weltmacht für zuständig erklärt, dann ist sie zuständig.«

Hillebrandt drehte sein Weißbierglas ins letzte Sonnenlicht. »Jedenfalls hat es eine andere deutsche Bank ziemlich hart getroffen. Die hatte über eine Tochter den Geldfluss zwischen deutschen Firmen und Abnehmern im Iran, dem Sudan, Nordkorea, Burma und Kuba organisiert. Gegen eine Strafzahlung von 1,9 Milliarden Dollar kam sie um eine offizielle Anklage herum. Und eine französische Großbank musste in dieser Angelegenheit sogar 9,5 Milliarden zahlen.«

Gutjahr beugte sich vor. »Und wie sieht es bei unserem geschätzten Arbeitgeber aus?«

»Bei der Concom sind die Zahlungsflüsse raffiniert verschleiert worden, wie, weiß ich nicht. Ich bin jetzt zwar im inneren Kreis tätig, aber anscheinend gibt es einen Zirkel, der noch innerer ist, um es mal so auszudrücken. Brenner ist auf seine Art schon ein As. Bisher kamen ihm die Amerikaner nicht drauf. Doch es kriechen Gerüchte durch die Flure, es liegt etwas in der Luft.«

»Welche Folgen hätte es, wenn die Concom auffliegt?«

»Ich hörte dunkel, wir würden mit mindestens fünf Milliarden US-Dollar zur Kasse gebeten werden. Andere sprechen von bis zu zehn Milliarden. Die sind nicht greifbar, es wäre das Ende der Concom.«

Gutjahr ließ diese Worte auf sich wirken, dann sagte er: »Umso verwunderlicher, dass man sich nicht um die 200 Millionen kümmert, die bei Hans Bäumler hängen geblieben sind. Es ist nicht die Welt angesichts der im Raum schwebenden Summen, aber immerhin.«

Hillebrandt schürzte die Lippen, sein Ton wurde förmlich. »Darauf wollte ich jetzt zu sprechen kommen.«

»Ich auch. Ich habe Nellessen in dieser Sache angerufen. Und stellen Sie sich vor, dieser Tropf behauptet, von nichts zu wissen.«

Hillebrandts Blick schweifte über die wenigen noch besetzten Tische. »Auch ich habe Herrn Nellessen kontaktiert. Mit demselben Ergebnis. Ich habe mir die alten Konten von Hans Bäumler angeschaut. Dort findet sich nirgendwo ein Eingang von 200 Millionen, sondern ein Minus von zirka vier Millionen. Die letzte Bewegung betrifft eine erfolglose Abbuchung bei Bäumler, eine Gasrechnung über 197 Euro. Danach tat sich auf dem Konto nichts mehr.«

Gutjahr war sprachlos.

Hillebrandt fuhr fort: »Ich habe schließlich das gesamte Zahlenwerk der Concom durchpflügt, fragen Sie mich bitte nicht wie. Weder bei der Concom noch bei der Phoenix oder einer anderen Tochter tauchen die 200 Millionen auf. Diese Zahlung hat es nie gegeben.«

Gutjahr saß da wie vom Schlag gerührt. Ihm war, als ob ihn gleich der Vierwaldstättersee verschlingen würde. Die Sonne war hinter den Bäumen verschwunden.

Hillebrandt blinzelte ihn durch seine Kassenbrille an und fragte kalt: »Können Sie, sehr geehrter Herr Gutjahr, mir das erklären?«

37. Kapitel

Opatija

»Also, dann rechnen wir mal überschlägig zusammen, wie viel deine Bank von dir haben will«, sagte Drago. Sie hatten es sich im Garten im Schatten einer Zypresse auf einer Wolldecke bequem gemacht, die Tonja aus dem Haus geholt hatte. Es gab Baguette, Schinken, Käse, Oliven und gekühlten Weißwein.

Hans machte eine resignierte Handbewegung weit

ins Ungefähre. »210 bis 220 Millionen, die Zinsen eingerechnet.«

»Sehr gut. Je höher, desto besser«, erwiderte Drago.

Hans blickte ihn verständnislos an.

Tonja ergriff das Wort. »Drago hat recht. Wenn du der Concom nur 10.000 schulden würdest, blieben sie dir ein Leben lang auf den Fersen. So aber könnte man mit ihnen verhandeln.«

»Über was?«

»Über einen Vergleich. Wir erzählen denen, dass nicht mehr viel übrig ist von dem Geld. Das können wir sogar belegen. Meine *Tvornica Kotlova* erwähnen wir nicht, bei all diesem Durcheinander kann man ja mal etwas vergessen.«

»Und wir verhandeln von Italien aus. Über mich und einen Notar in Mailand, den ich gut kenne«, schlug Drago vor.

Hans lächelte matt. »Ich hoffe, einen echten.«

Drago entgegnete verschnupft: »Der *Commendatore* ist ein Pfeiler der Mailänder Gesellschaft, ein untadliger Mensch, ein Wohltäter mit Herz für die Schwachen, ein eifriger Blutspender. Bisweilen zahlt er sogar Steuern. Und vergiss nicht: Du hast ganz gute Karten, denn du agierst hinter einem Vorhang. Die wissen nicht, wo du steckst.«

Hans meinte unschlüssig: »Und worauf läuft das bei einem solchen Vergleich hinaus?«

»Das ist ganz individuell. Wenn wir denen zehn Prozent anbieten, knirschen sie zwar mit den Zähnen, aber zehn Prozent sind besser als nichts. Außerdem wollen sie die Sache irgendwann aus ihren Büchern haben, zumal es ziemlich peinlich für sie ist.«

Hans seufzte. »Zehn Prozent wären über 20 Millionen. Ich fürchte, so viel haben wir nicht mehr flüssig.«

Drago legte ihm eine Hand auf die Schulter. »Lass es mich doch erst einmal versuchen. Ein paar Unterlagen hast du zur Hand?«

Hans nickte lustlos und machte sich auf ins Turmzimmer, wo im Dunkel der Hebammentasche seine Kontoauszüge ruhten. Kurz vor der Flucht aus Frankfurt hatte er die letzten Kontobewegungen ausgedruckt. Von der vergeblichen Abbuchung der Gasrechnung über 197 Euro bis hin zu den 200 Millionen – wie sie eines Morgens plötzlich da waren und wie sie gleich darauf in drei Tranchen nach Zagreb weiterwanderten.

Tonja schleppte die Olivetti in den Garten und erstellte – klack, klack, ratsch, bumm – eine Vollmacht von Hans Bäumler für den ehrenwerten Herrn Dr. Strozzi, Hans unterschrieb.

Drago telefonierte kurz. Hans verstand kein Wort, aber das Italienisch klang sehr elegant.

Nachdem Drago aufgelegt hatte, strahlte er. »Ich habe in einer Woche einen Termin beim *Commendatore*. Er wird vorab Kontakt mit der Concom-Bank aufnehmen. Allerdings gibt es noch ein kleines Problem.« Er schaute fragend und etwas verschämt zu Tonja hinüber.

Sie verstand. »Reichen dir 20.000 fürs Erste? Für das Benzin, für den *Commendatore* und überhaupt?«

Drago nickte verlegen.

Als sein Fiat 500 entschwunden war, stieg Hans die Wendeltreppe hinunter zum Meer. Er wollte nicht schwimmen, sondern den Wellen zuschauen. Er warf einige flache Kiesel ins Wasser, doch nur jeder vierte traf einen Wellenkamm und hüpfte weiter. Deine Chancen stehen schlecht, dachte er. Dein Leben ist gelaufen. Du bist zum Exil verdammt, richte dich ein auf das Altwerden in Guguljak, inmitten von Hühnern und Heizkesseln.

38. Kapitel

Frankfurt am Main

Diese straffe Haltung, dieser eisgraue Blick. Gegenüber Brenner kam sich Johannes Gutjahr mürber vor denn je. Er hockte vor dem Glasschreibtisch und reichte dem Vorstandsvorsitzenden seine Skizze zum Jubiläum »Zukunft braucht Herkunft 2030«.

Brenner würdigte das Papier keines Blicks und schob es zur Seite. Er schüttelte traurig den Kopf. »Wie ich hörte, stiften Sie neuerdings auch Unruhe in unserer Londoner Filiale. So kann das nicht weitergehen.«

Gutjahr wollte etwas entgegnen, doch Brenner fuhr fort: »Sie behelligen auch meinen Herrn Hillebrandt mit Ihren substanzlosen Fragen. Ich muss feststellen, dass unser Vertrauensverhältnis zerrüttet ist. Irreparabel zerstört.« Er blickte zur Decke, voller Gram über die Fehlbarkeit des Menschen an sich. Dann fixierte er wieder Gutjahr. »Wir sollten uns trennen. Ich habe dazu etwas vorbereiten lassen.« Er schob ihm ein Papier zu.

Gutjahr überflog es. Der Auflösungsvertrag las sich generös. 1,5 Millionen als Abfindung, ab dem 60. Lebensjahr eine gute Betriebsrente. Ganz am Ende kam die Passage über die Konventionalstrafe. Zwei Millionen würden fällig werden, sollte er gegenüber Außenstehenden je über Interna der Concom-Bank plaudern.

»Ich finde, das Angebot ist großzügig. Wir honorieren damit auch Ihre früheren Verdienste um die Bank«, sagte Brenner.

Gutjahr las, während Brenner weitersprach, das Dokument ein zweites Mal.

»Offiziell gibt es natürlich einen Abschied in Ehren. Mit Empfang auf Schloss Johannisberg. Ich halte außerdem eine angemessene Rede.«

Gutjahr reckte sich und rief: »Was in Teufels Namen geht hier vor?«

Brenner blieb unbewegt. »Bitte beruhigen Sie sich. Sie sind einfach überarbeitet. Mit den Nerven runter.«

Gutjahr blieb laut und hielt ihm den Auflösungsvertrag vor die Nase. »Was ist das? Eine Beruhigungsspritze, ein Belohnungsleckerli? Hat das was mit dem Fall Bäumler zu tun, mit den 200 Millionen?«

Brenner seufzte nachsichtig. »Wie oft soll ich Ihnen das noch vermitteln? Es gibt keinen Fall Hans Bäumler. Sie machen mir wirklich Sorgen, lieber Herr Gutjahr.«

Gutjahr starrte ihn an. »Ich hatte Ihnen seinerzeit ein komplettes Dossier dazu übergeben.«

»Ein Dossier?« Brenner legte Milde in seine Stimme. »Sie sollten erst einmal eine Kur antreten, mein Freund. Und wenn Sie wieder ganz bei Kräften sind, können Sie von Neuem aktiv werden. Vielleicht etwas Ehrenamtliches? Ein Lehrauftrag an der Uni über Ethik in der Wirtschaft? Oder Essen für die Bedürftigen ausfahren?«

Gutjahr wusste, wann es Zeit war, aufzugeben. Er erhob sich und verließ schleppenden Schritts den Kommandostand. Im Aufzug nach unten kam er sich vor wie aus Zeit und Raum gefallen. Er sinnierte über die 200 Millionen. Sie waren aus dem Nichts gekommen und sie hatten sich wieder in Nichts aufgelöst.

39. Kapitel

Pula

Hans stand auf dem Oberdeck der kleinen Fähre, die sie von Fažana an der Küste bis nach Veliki Brijun brachte, dem Hauptort der Brijuni-Inseln. Die Seeluft tat ihm gut, aber die trübe Stimmung wollte nicht weichen. Dabei hatte es Tonja gut gemeint mit ihrem Vorschlag, für einen Tag nach Pula und zu den Inseln an der Südspitze Istriens zu fahren.

Anlass war ein kurzer Besuch von Tihomir. »Vater wollte schon immer mal die Inseln und Pula sehen. Er muss ausspannen, und sei es für ein paar Stunden. Wir machen ihm eine Freude damit, und außerdem kommen auch wir auf andere Gedanken«, hatte Tonja gesagt. Tihomir war in seinem altersschwachen Renault nach Opatija gekommen. Er war zum ersten Mal hier, er hatte sich staunend die Villa, den Laden und den Garten angeschaut. Nur beim Anblick von Tonjas Whirlpool war eine milde Missbilligung über seine Züge gehuscht.

Die Überfahrt nach Veliki Brijun dauerte nicht lange. Als die Fähre anlegte, ergoss sich mit Hans, Tonja und Tihomir eine ganze Touristenhorde auf die Insel. Das schwatzende Völkchen nervte Hans, aber er nahm sich zusammen. Sie zwängten sich mit der Menge in ein Bähnchen, mit dem sie eine kleine Rundreise auf der

Insel machten. Hans schaute interessiert nach links und rechts aus dem Fenster, während die drei Jungs mit den Baseballkappen auf der Bank gegenüber damit beschäftigt waren, auf ihren ziegelgroßen Smartphones zu tippen. Hans kannte das von Opatija, er hatte es aufgegeben, sich darüber zu alterieren. Das Bähnchen tuckerte vorbei an stillen, smaragdgrünen Buchten, an einem Gehege mit exotischen Tieren, an antiken Ausgrabungen mit den Tempelresten aus griechischer und römischer Zeit. Die Insel gefiel Hans immer mehr; hierher würde er sich gerne zurückziehen vom Lärm der Welt. Bis zum Zweiten Weltkrieg waren die Brioni-Inseln, wie sie auf Italienisch hießen, ein Spielplatz der mondänen Welt gewesen, mit Schwimmbädern, Golfplätzen, Poloturnieren und Segelregatten. Hier hatten sich der Adel und die Industriellen getroffen, dazu ein paar Künstler als Beigabe. Die italienische Schickeria hatte auf den Inseln rauschende Feste gefeiert. Ich hoffe doch, dass auch ein paar elegante Orgien dabei waren, dachte Hans.

Sie verließen das Bähnchen und machten Feldmarschall Tito ihre Aufwartung, der sich mit sicherem Sinn für schöne Plätze auf Brijuni eine Sommerresidenz hatte einrichten lassen und hier die Großen der Welt empfangen hatte. Eine Tradition, die seine Nachfolger im kleineren Kroatien fortführten. Tonja erzählte Hans von den aktuellen Bemühungen, den Inseln wieder etwas vom alten Glanz zu verleihen, aber das gestalte sich zäh. Hans überkam die Wehmut, wie so oft in letzter Zeit. Die alten Zeiten waren verweht, würden niemals wiederkehren.

Als die Fähre die drei nach Fažana zurückgebracht hatte, setzten sie sich ins Auto und fuhren die wenigen Kilometer bis Pula, der jahrtausendealten Stadt. Nun war Hans an der Reihe. Er führte seine Gefährten zum Amphitheater, dem gut erhaltenen Relikt aus römischen Zeiten, dem Wahrzeichen der Stadt. Hans hatte sich gut vorbereitet und schöpfte souverän aus seinem Detailwissen über die elliptische Arena. Tonja und Tihomir ließen sich von ihm in das goldene Zeitalter des Augustus entführen.

Tonja war beeindruckt. »Du kennst dich in meiner Heimat langsam besser aus als ich.«

Hans nutzte die Gelegenheit, sich aus den Kalamitäten der Gegenwart in die Geschichte zu flüchten. Als Pula noch Pola hieß und der größte Kriegshafen der k. u. k. Marine war. Hier hatte der Hauptteil der Flotte seines Kaisers gelegen, auch die »SMS Viribus Unitis«, das erste Schlachtschiff der Tegetthoff-Klasse, der Stolz der Monarchie. Lang war es her. Wer wusste heute noch, dass Österreich-Ungarn seinerzeit über die sechstgrößte Kriegsflotte der Welt verfügte, fragte sich Hans.

Er schlenderte mit Tonja und Tihomir vom Amphitheater durch die Altstadt zum Hafen, wo die friedlichen Jachten von heute nebeneinander im Wasser dümpelten. Unterwegs machte er vor einem Antiquariat halt, in dessen Auslage ihm ein Buch über die »Viribus Unitis« auffiel, sogar in deutscher Sprache. Den Einband schmückte ein Schwarz-Weiß-Foto, welches das Schlachtschiff bei seinem Untergang 1918 zeigte. Hans kaufte es – im heimischen Turmzimmer hatte er schon eine veritable Sammlung von Untergängen.

Am Hafen setzten sich die beiden Männer in eine Bar direkt am Wasser, während sich Tonja für eine kleine Stippvisite in den Boutiquen von Pula verabschiedete. Nerven hat sie ja, dachte Hans. Wir saufen bald ab wie die »Viribus Unitis« und sie vervollständigt ihren Bestand an Schuhen.

Der Kellner brachte Hans ein kleines Bier, Tihomir nahm ein Bitter Lemon. Braver Tihomir, dachte Hans, der den Absturz unter dem Walnussbaum noch in schauriger Erinnerung hatte. Tonja hatte ihn eigens gebeten, auf den Vater aufzupassen. Der musterte schweigend das Hafenbecken und das in der Sonne glitzernde Meer, in Hans kehrten die Gedanken in die Gegenwart zurück. Zu Marin, Marin Golub. Dieser Name – er kam ihm irgendwie wärmend und rund vor – wollte ihm nicht aus dem Kopf, seit er ihn auf einem Brief gesehen hatte, in einer schönen, geradlinigen Handschrift. Zwei Tage war es her, als er den Briefkasten der Villa geleert und den an Tonja adressierten Brief erblickt hatte. Teurer Umschlag, gutes, geschmackvolles Papier. Geschickt von einem Marin Golub, wohnhaft im österreichischen Zell am See. Hans erinnerte sich: *Marin*, das war der Name, den Tonja in ihren Träumen laut ausrief. Hans hatte vor Urzeiten in Zell am See einmal Urlaub gemacht, an dem hübschen runden Wasser, herrlich gelegen mit dem Panorama der Dreitausender im Hintergrund. Feiner Ort, dort ließ es sich gut leben. Nach Geschäftspost hatte der Brief nicht ausgesehen. Hans hatte ihn an Tonja weitergereicht, sie hatte nichts dazu gesagt. Er respektierte ihre kleinen Reservate, sie die seinen.

»Wir haben immer noch Probleme, die alten Kunden wiederzugewinnen. Die glauben einfach nicht, dass wir es auf Dauer schaffen.«

Hans riss sich los von Marin Golub und widmete sich dem neben ihm sitzenden Tihomir, der vom Stand der Dinge in Guguljak berichtete. Tihomir wusste nichts von ihrem Short Selling, von den verdammten revolutionären Batterien, die Drago und Tonja die Ernte verhagelt hatten. Tihomir lebte in, mit und für seine Heizkessel. Tonja und Hans hatten vereinbart, ihn vorerst nicht zu beunruhigen.

Hans nickte ihm aufmunternd zu. »Ihr müsst Geduld haben, Qualität setzt sich am Ende immer durch.«

Tihomir wiegte den Kopf. »Wenn wir die zwei alten Patente nutzen könnten, wären wir konkurrenzfähiger.«

Hans erinnerte sich dunkel. Als er erstmals die Serpentine hoch nach Guguljak gekommen war, hatte Tonja zornig erzählt, dass der frühere Besitzer die *Tvornica Kotlova* geplündert hatte. Hans klopfte dem Vater auf die Schulter: »Bleibt einfach dran, dann wird das schon.« Das war nicht sehr wegweisend, aber etwas Besseres fiel ihm nicht ein. Dabei war ihm Tihomir über die Monate nahegekommen, sie waren fast so etwas wie Freunde geworden.

An der Mole tauchte die tütenbewehrte Tonja auf, der Beutezug in den Boutiquen war wohl erfolgreich gewesen. Sie nahm Kurs auf ihren Tisch.

Tihomir beugte sich zu Hans hinüber und sagte halblaut: »Noch eines, ehe Tonja da ist. Was ich dir schon immer sagen wollte – du tust meiner Tochter sehr gut. Viel besser als der andere.«

40. Kapitel

Opatija

Welcher *andere*? Bei der Rückkehr nach Opatija fuhr Hans ziemlich unaufmerksam, übersah fast eine rote Ampel und zwei Nonnen auf dem Zebrastreifen in Lovran. Tonja schaute ein paarmal kritisch vom Beifahrersitz herüber, das kannte sie gar nicht bei ihm. Schade, mit Tihomir konnte er das Thema nicht vertiefen, denn der stieg in Opatija gleich in seinen Renault um, die Heizkessel riefen nach ihm.

In der Villa zog sich Hans mit seinem Schlachtschiff in das Turmzimmer zurück, während Tonja die neuen

Schätze in den Tiefen ihres Ankleidezimmers verstaute. Hans wunderte sich, dass dort noch Platz war.

Im Turmzimmer kam er ins Sinnieren. Sie hatten sich beide nie viel erzählt über ihre früheren Beziehungen. Bei beiden hatte sich bestimmt einiges summiert, doch das war ihnen nicht wichtig gewesen. Aber dann kam dieser Brief, der für Hans einen eigentümlich intimen Charakter hatte. Wer war Marin Golub? Und nun zauberte Tihomir noch einen *anderen* aus dem Hut. Hans versuchte, diese Fragen zu verscheuchen, doch sie wollten nicht weichen.

Am Abend trafen sie sich auf der Terrasse. Tonja war müde von dem Ausflug auf die Inseln und nach Pula. Gähnend meinte sie: »In drei Tagen ist Drago beim *Commendatore* in Mailand und trifft den Herrn von deiner Bank. Ich habe ein ganz gutes Gefühl.« Sie lächelte Hans tapfer an.

Er zuckte mit der Schulter. Es würde schiefgehen, da war er sich sicher.

Gegen Mitternacht gingen sie zu Bett. Schläfrig murmelte Tonja: »Ehe ich es vergesse – ich muss morgen für zwei Tage nach Zagreb. Wegen der *Tvornica Kotlova*. Nichts Besonderes, aber in Guguljak muss es ja weitergehen.«

Am frühen Morgen packte sie einen kleinen Koffer, sie war dezent geschminkt und trug ein luftiges blaues Kleid, sehr appetitlich. Während sie sich auf dem Fahrersitz des Toyota einrichtete, erschien Branko mit einem

Rucksack und einem Golfschläger, den er im Kofferraum versenkte, bevor er sich neben Tonja setzte. Hans winkte den beiden zum Abschied und rätselte. Tonja spielte kein Golf, und Branko konnte er sich überall vorstellen, nur nicht auf einem Golfplatz.

Zwei Tage später kamen beide pünktlich zurück. Tonja strahlte eine versonnene Zufriedenheit aus, als Hans sie zur Begrüßung fragte: »War der Geschäftstermin erfolgreich?«

»Ja, das war er.« Mehr erzählte sie nicht.

In Hans keimte ein unbestimmter Verdacht, er wurde immer bohrender, er vergällte ihm die Laune. Lange kämpfte er mit sich selbst. Als sich Tonja nebst Handtuch zur Wendeltreppe begab, um ein paar Runden im Meer zu schwimmen, schlich er zum Toyota in die Garage und überprüfte das Navigationssystem. Er schämte sich, aber es musste sein.

Schnell präsentierte das Gerät das letzte Ziel, das Tonja eingegeben hatte. Es war nicht Zagreb, sondern Zell am See.

41. Kapitel

Opatija

Es war gegen Mittag, als die *Bura* von den Bergen über die Bucht herfiel – kalt und mit bösartigen Böen. Die Strände und Straßen leerten sich blitzartig, die Menschen flüchteten in ihre Häuser und Hotels. Zwilling Slavko hatte alle Hände voll zu tun, um die Villa Tonja zu sichern. Die Fensterläden klapperten, die Bäume neigten sich, das Meer schäumte grauweiß und schickte wütend Wasser bis hoch auf die Promenade. Hans erlebte diesen Fallwind zum ersten Mal. Sein liebliches Opatija war auf einmal ein unwirtlicher Ort. Sie suchten Zuflucht bei den Wiener Secessionisten im Wohnzimmer. Tonja setzte am Nachmittag einen Tee auf, dazu gab es mürbe Kekse.

Seufzend legte Hans das Buch über die »Viribus Unitis« beiseite, denn gerade hatten italienische Kampfschwimmer, diese Hunde, den Stolz der kaiserlich-königlichen Marine versenkt. Zu deprimierender Lesestoff. Hans lugte auf den Bücherstapel, der auf dem Tischchen neben dem Sofa lag. Er griff nach dem obersten Buch – das handelte vom Zusammenbruch der deutschen Heeresgruppe Mitte 1944 in Weißrussland. Untergänge, wohin man schaute.

Tonja ging es nicht viel besser. Sie studierte im Wallstreet Journal einen Essay darüber, wie sich die Weltfirma Kodak einst selbst zerlegte.

Ab und an trafen sich ihre tristen Blicke.

Heute war der Tag des Meetings beim *Commendatore* in Mailand. Dr. Strozzi alias Drago würde danach sofort nach Rijeka fliegen, wo ihn Branko mit der Ducati abholen sollte. Gegen Abend würden sie hier sein, falls die *Bura* sie nicht vorher in die Adria wehte.

Hans überließ die Heeresgruppe Mitte ihrem Schicksal. Er fasste sich ein Herz, das musste jetzt raus. »Mein Täubchen, Zell am See ist ein sehr hübscher Ort, ich kenne ihn gut.«

»Hast du mir nachspioniert? Ist doch sonst nicht deine Art.« Tonja blickte von ihrer Lektüre auf und errötete. Mit einem Seufzen fort sie fort: »Ich kann es dir nicht mal verdenken, nach allem, was zuletzt passiert ist.«

Hans nickte. »Also, was ist mit diesem Marin Golub?«

»Wir waren zusammen, aber das ist lange her, lange vor deiner Zeit.«

»Und nun ist die Zeit gekommen, das wieder aufzufrischen? Eine sonderlich gute Partie bin ich ja nicht mehr.«

»Ach, wo denkst du hin. Ich habe Marin bei der Zagorska Banka kennengelernt und mich in ihn verguckt. Er hat die Bank verlassen und wurde Unternehmer.« Tonja huschte von ihrem Platz an die Seite von Hans.

»Und dann?«

»Dann hat er sich, gut gefüttert mit Informationen

von mir, bei den Privatisierungen die *Tvornica Kotlova* gegriffen. Ich dachte erst, er will sie sanieren und vorantreiben, doch er hat sie gründlich ausgeweidet und sich nach Österreich abgesetzt. Seitdem residiert er in Zell am See. Er wollte mich dorthin mitnehmen, aber das konnte ich ihm nicht verzeihen. Da bin ich lieber nach Deutschland gegangen.« Der Zorn steigerte die Röte in ihrem Gesicht. Sie stieß hervor: »Marin hat ganz Guguljak ruiniert, er ist ein Schweinehund. Wenn auch ein sehr charmanter.« Tonja lehnte ihren Kopf an den Kopf von Hans, er ließ es geschehen.

»Aber dann hat er dir kürzlich geschrieben.«

»Ja, mit vielen schönen Worten. Er hat erfahren, dass ich die Firma neu aufbaue, und bot an, mir zwei wichtige Patente der alten *Tvornica Kotlova* wieder zu übertragen. Die wären von großer Bedeutung für uns.«

»Das ist doch nett. Hat ihn die Reue übermannt?«

Sie grinste. »Nein, die Geilheit. Er offerierte mir die Patente gegen regelmäßigen Sex. So war sein Brief jedenfalls zu verstehen.«

Hans wurde flau. »Bist du auf das Geschäft eingegangen, hast du die erste Rate schon geliefert?«

Sie küsste ihn zart auf ein Ohr. »Natürlich nicht, du kleiner Eifersüchtling. Ich habe mit ihm ein Treffen in Zell am See vereinbart, allerdings ohne zu sagen …«

»… dass du Branko mitbringst.«

Sie stieß ihn in die Seite. »Kluges Kerlchen. Er hat mich in seinem Haus am See erwartet, das Bettchen war bestimmt schon gemacht. Er war völlig platt, als plötzlich Branko vor ihm stand.«

»Darf ich raten: mit dem Golfschläger in der Hand?«

»Genau. Aber ich hatte mit Branko abgesprochen, dass er Marin auf keinen Fall anrührt, das ist nicht mein Stil. Branko hat ihm auf seinem Luxusrasen lediglich vorgeführt, was man mit so einem Schläger alles anfangen kann, außer den Golfball zu treffen. Rein theoretisch.«

Hans nahm vorsichtig einen Schluck Tee. »Haben die theoretischen Vorführungen gewirkt?«

Sie nickte zufrieden. »Wir waren zwei Stunden später beim Notar, jetzt gehören die Patente mir. Und Sex will sich der gute Marin woanders besorgen, hat er versprochen.«

Hans entspannte sich und seufzte. »Warum um alles in der Welt hast du mir nicht früher davon erzählt?«

Sie fuhr sich durch die Haare. »Ich weiß, das war ein Fehler. Aber für mich ist alles, was vor uns war, nicht wichtig. Ich wollte diesen Marin einfach aus dem Kreuz haben. Und natürlich die Patente zurückholen.«

»Da war noch was.« Hans erzählte von Tihomir und dem *anderen*, es war ihm ein wenig peinlich.

Tonja lachte. »Damit meinte er Marin. Er konnte ihn nie leiden, hat mich immer vor ihm gewarnt.«

Hans lehnte sich weit zurück im Sofa und fragte leise: »Kann es also sein, dass du mich wirklich liebst? Und wenn ja, was liebst du an mir?«

Sie umarmte ihn. »Ach, alles. Na ja, fast alles. Du siehst gut aus, aber das würde nicht reichen, das tut Marin auch. Du hast Bildung und Stil, du bist sensibel, mit dir kann ich viel lachen. Mit oder ohne 200 Millionen.« Nun nahm auch sie einen Schluck Tee. »Du bist so herrlich aus der Zeit gefallen mit deiner Hingabe an alte Sachen und Geschichten. Besonders aber mag ich, wie du manchmal ein bisschen unbeholfen durchs Leben stolperst.«

Hans beschloss, auch die letzte Bemerkung als Kompliment zu nehmen, und bekannte: »Ich hatte Angst, dass du gehst.«

»Und ich hatte zuletzt Angst, dass *du* gehst«, flüsterte Tonja.

Hans schüttelte energisch den Kopf.

»Warum nicht? Was bin ich für dich?«

»Die Einzige und Ewige, der große Preis.«

42. Kapitel

Opatija

Die *Bura* zerrte noch immer an der Villa, unten krachten die Wellen unvermindert ans Ufer. Die Dämmerung brach herein, dann wurde es stockdunkel. Im tosenden

Unwetter war kein Himmel mehr zu sehen. Aber Hans fühlte sich geborgen, es gab ja keinen anderen.

Dennoch kam langsam wieder Unruhe auf. Wo blieben Branko und Drago?

Hans machte sich keine Illusionen. Die von der Concom wären nicht die von der Concom, würden sie sich auf lächerliche zehn Prozent einlassen. Die er zudem gar nicht mehr hatte. Dennoch war er neugierig.

Gegen 22 Uhr drang mitten durch den heulenden Sturm das vertraute Bollern der Ducati zu ihnen ins Wohnzimmer. Tonja stürzte zur Haustür, sie öffnete, ein Schwall eisigen Regens schwappte in den Flur. Zwei vermummte Gestalten kämpften sich ins Innere.

Branko verschwand gleich in der Einliegerwohnung, Drago blieb stehen, schüttelte sich und reckte seine Glieder. Verwegen sah er aus in seinem Schutzhelm und dem Lederkombi. Umständlich nahm er den Helm ab und knöpfte die Lederjacke auf. Tonja griff sich die tropfenden Sachen und brachte sie in den Hauswirtschaftsraum. Drago stapfte gravitätisch in Richtung Gäste-WC. Dort hatte er eine längere Sitzung. Schließlich kam er wieder und ließ sich auf einem der Sofas im Wohnzimmer nieder. Tonja brachte ihm einen frisch aufgebrühten Tee und Kekse, er trank und stöhnte genussvoll.

Erwartungsvoll nahmen Tonja und Hans ihm gegenüber Platz.

Drago hatte ein Leuchten in den Augen, er machte den Eindruck, als habe er ein Erweckungserlebnis hinter sich.

Hans wurde ungeduldig. »Und, wie war es denn nun in Mailand?«

Salbungsvoll verkündigte Drago: »Ich bin dem weißen Schwan begegnet.«

Gleich wird er uns segnen, dachte Hans.

Tonja rutschte auf dem Sofa hin und her.

In Hans kribbelte es, er drängte: »Jetzt sag schon …«

Drago alias Dr. Strozzi räusperte sich. »Mein Meeting in Mailand verlief, wie soll ich es ausdrücken, hm … Es verlief etwas bizarr.«

Ratlose Stille.

Dann fuhr Drago fort: »Dieser Herr Soundso von deiner Concom-Bank war alles andere als kooperativ, eher unangenehm berührt. Tat so, als ob wir ihm mit irgendeiner Lächerlichkeit seine Zeit raubten.«

Hans schwieg weiter, sein Herzschlag beschleunigte sich.

Und Drago kam auf den Punkt. »Kurz und bündig, die Concom-Bank will keine 200 Millionen von dir. Die bestreiten sogar ganz entschieden, dass es je eine solche Zahlung an dich gegeben hat.«

43. Kapitel

Frankfurt am Main

Die Tagesthemen endeten mit dem Wetterbericht, für morgen wurde strahlende Sonne vorhergesagt. Johannes Gutjahr saß im heimischen Wohnzimmer, vor sich den Auflösungsvertrag mit der Concom, seinem Arbeitgeber seit 30 Jahren. Brenner hatte bereits unterschrieben, schwungvoll wie immer. Sobald die strahlende Sonne aufging, würde auch er unterschreiben und das alles hinter sich lassen. Es ging über seine Kräfte, über seinen Verstand. War Brenner irre oder er? Diese verdammte Causa Bäumler, nicht mal der treue Hillebrandt glaubte ihm noch.

Gutjahr hatte sich schon die Zähne geputzt und war im Schlafanzug, er wollte zu Bett gehen und zum Trost ein wenig von Bora Bora träumen, als es an der Haustür klingelte. Wer konnte das sein, um diese Zeit? Gutjahr warf sich rasch einen Bademantel über und spähte durch den Spion in der Tür. Draußen stand just der gute Hillebrandt nebst Aktentasche und trat ungeduldig von einem Fuß auf den anderen. Gutjahr öffnete die Tür.

Aus dem Gast sprudelte es noch im Türrahmen heraus: »Entschuldigung, dass ich so spät störe. Aber es duldet keinen Aufschub.«

Gutjahr bat ihn ins Wohnzimmer, wo sich Hillebrandt in einen Sessel fallen ließ. Unauffällig faltete Gutjahr den Auflösungsvertrag zusammen und verstaute ihn in einer Tasche des Bademantels. »Was kann ich Ihnen anbieten?«

Der späte Besucher murmelte: »Etwas Starkes.«

Gutjahr dackelte in die Küche und kam mit einer Flasche eiskaltem Bommerlunder und zwei Gläsern zurück. Er schenkte ein, Hillebrandt stürzte den Bommerlunder in einem Zug hinunter. Dann räusperte er sich umständlich, ehe er anfing zu berichten.

»Heute früh landete eine merkwürdige Geschichte aus Mailand auf meinem Tisch. Die Papiere sollten eigentlich an Brenner persönlich gehen, aber der war nicht da. Ich habe mich der Sache angenommen und später so getan, als sei der Brief versehentlich geöffnet worden.«

Er machte eine Pause, nahm die Kassenbrille ab und reinigte sie umständlich mit einem Tüchlein. »Lieber Herr Gutjahr, ich muss Abbitte leisten.«

»So?«

»Ihr Hans Bäumler hat anscheinend vor anderthalb Jahren tatsächlich 200 Millionen erhalten. Eine Fehlüberweisung unserer Phoenix Ltd. in Dublin. Das geht aus seinen Kontoauszügen, die er vorgelegt hat, eindeutig hervor. Ich habe Kopien von den Kopien. Möchten Sie einen Satz?«

Und ob Gutjahr wollte. Er atmete durch. Der Irre war also doch der andere. »Und was hat das mit Mailand zu tun?«

»Ein dortiger Notar hatte sich im Auftrag des Abgängigen mit einem Bevollmächtigten der Concom in Italien in Verbindung gesetzt. Bäumler selbst hält sich im Hintergrund.«

»Was wollte er? Etwa zahlen?«

Hillebrandt lächelte. »Er schlug einen Vergleich vor. Wir sollten auf 90 Prozent verzichten. Angeblich hat er fast alles verspekuliert.«

Gutjahr schenkte nach.

Hillebrandt trank nun etwas sorgsamer. »Und Sie werden es nicht glauben – unser Mann in Mailand hat heftigst protestiert, aber nicht des Angebots wegen, sondern wegen der Behauptung, wir hätten Bäumler jemals auch nur einen Cent irrtümlich gutgeschrieben. Er bestand lediglich auf Ausgleich des alten Saldos. Das sind nach der Verwertung des Bäumlerschen Restvermögens gerade mal 3,9 Millionen.«

Gutjahr schüttelte den Kopf. »Sagten Sie nicht, Bäumler beziehungsweise der Notar habe die Kontoauszüge vorgelegt?«

»Unser Mann hat die als Chimäre abgetan. Als Computerfehler im Bäumler-System. Er ließ durchblicken, der Herr Bäumler sei wohl psychisch nicht in der Balance.«

»So ein Quatsch.«

»Das habe ich mir auch gesagt, für mich sind die Unterlagen echt. Ich bin nochmals in das elektronische Zahlenwerk der Phoenix eingetaucht. Sie erinnern sich, die finanzieren unter anderem Golfplätze und Schafzüchter. Das taucht auch fein säuberlich auf. Zusätzlich muss es aber eine Nebenbuchhaltung geben, in einem Schattenreich, auf das wir keinen Zugriff haben. Brenner kann das nicht alleine gestemmt haben, er brauchte ein paar Helfer.« Hillebrandt zog die Stirn kraus. »Für mich gibt es nur eine schlüssige Erklärung. Über die Phoenix in Dublin liefen Zahlungen, die unter das US-Embargo fallen. Die fehlgeleiteten 200 Millionen sollten ursprünglich an eine Maschinenbaufirma in Süddeutschland gehen. Raten Sie mal, was die in ihrem Katalog haben? Zentrifugen. Und wer hatte lange einen großen Bedarf an diesen niedlichen Geräten?«

»Der Iran. Für seine Atomanlagen.« Gutjahr kratzte sich an der Nase. »Das erklärt aber immer noch nicht, weshalb man die Zahlung an Bäumler so hartnäckig leugnet.«

Hillebrandt beugte sich vor. »Die Logik folgt einer internen Perspektive. Stellen Sie sich vor, die Concom hätte sich eines Tages Bäumler geschnappt und wäre gegen ihn zivilrechtlich vorgegangen. Am Ende hätte der sich juristisch gewehrt, es wäre zu einem öffentlichen Verfahren gekommen. Für die Presse eine süffige Story. Brenner kann alles gebrauchen, nur keine Öffentlichkeit. Also hat er sich gesagt – verzichten wir auf die popeligen 200 Millionen und ersparen uns zehn Milliarden US-Strafe.«

Gutjahr begann zu begreifen, aber er hatte Einwände. »Und wie hat Brenner das Ganze aus dem elektronischen Zahlenwerk verschwinden lassen? Sie wissen doch, dass wir ausschließlich entsprechend zertifizierte Software für die Buchhaltung verwenden dürfen. Das schreiben die Behörden vor. Alle Vorgänge, auch Fehlüberweisungen, bleiben im System. Die Software erlaubt keine Löschungen, sondern nur Stornierungen und Neudefinitionen.«

Hillebrandt nickte. »Ich weiß. Brenner muss einen Freelancer engagiert haben, einen erstklassigen Hacker. Der konnte alles löschen, auch auf dem Online-Konto von Hans Bäumler. Ist nicht ganz einfach, aber machbar. Auf Bäumlers ausgedruckte Kontoauszüge hatte er jedoch keinen Zugriff. Wie schön, dass es noch das gute alte Papier gibt.«

»Und wie haben die Leute im Schwarzwald ihre 200 Millionen doch noch erhalten?«

Hillebrandt zuckte mit der Schulter. »Brenner hat dafür sicher ein paar Briefkastenfirmen und einen Notgroschen in petto.«

Gutjahr pfiff durch die Zähne. »Wenn sich das so verhält, dann hat unser Herr Brenner keine harmlosen Schwindeleien veranstaltet, sondern ist richtig kriminell geworden.«

»Sie reden wie mein Bruder, der ist Entwicklungshelfer und hält die gesamte Wirtschaft für organisierte Kriminalität«, feixte Hillebrandt.

Gutjahr sah jetzt klarer. »Deshalb hat mich Brenner erst in Watte gepackt und anschließend gemobbt. Seine Helfershelfer hat er ruhiggestellt und darauf vertraut, dass sich dieser Hans Bäumler irgendwo in aller Stille schöne Tage mit den Millionen macht.«

Hillebrandt pflichtete ihm bei. »Das hätte fast funktioniert. Er konnte nicht voraussehen, dass sich Bäumler eines Tages von selbst meldet und ich davon erfahre. Echtes Pech. Jetzt hofft Brenner wohl, dass Bäumler die Concom zwar für bescheuert hält, aber keine weiteren Schritte unternimmt. Warum sollte er auch?«

Gutjahr schwieg länger, das alles musste er erst einmal einsortieren. Langsam enthüllte der Irrsinn seine Rationalität. Und er sah Licht am Ende des Tunnels. »Können wir das Ganze beweisen?«, fragte er.

Hillebrandt war unsicher. »Wir haben die Kontoauszüge, wir wissen von dem Treffen in Mailand, wir haben eine plausible Erklärung. Keine Ahnung, ob das reicht.«

Gutjahr krempelte die Ärmel seines Bademantels hoch. »Für einen Überraschungsangriff allemal. Brenner kann nicht wissen, ob alle seine Mitstreiter noch an Bord sind, ob wir nicht Zeugen haben, die aussagen wollen. Er weiß nicht mit letzter Sicherheit, was ich weiß. Lassen Sie mich mal machen.«

Hillebrandt schaute ihm ängstlich in die Augen. »Brenner wird erfahren, dass ich den Maulwurf für Sie gespielt habe. Das kann, das wird mich meinen Job kosten.«

»Nein, wird es nicht. Vertrauen Sie mir. Es wird sich sogar lohnen für Sie. Das hatte ich Ihnen schon bei unserem ersten Treffen versprochen. Und ich halte meine Versprechen.«

Es ging gegen zwei, als Gutjahr ein Taxi für Hillebrandt rief. Der hatte ihm zuvor die Bäumlerschen Kontoauszüge überreicht. Gutjahr hatte den Umschlag entgegengenommen, als handle es sich um das Grundgesetz in der handschriftlichen Urversion. Vorsichtshalber hatte er den Umschlag gleich in dem kleinen Safe in seinem privaten Arbeitszimmer deponiert.

Bei der Verabschiedung auf der Straße fragte er Hillebrandt: »Übrigens, Sie haben doch mal mit Brenner Golf gespielt. Welches Handicap hat denn der Gute?«

»Vier. Nahe am Profi.«

Gut gelaunt schüttelte Gutjahr Hillebrandt die Hand. »Bald wird er Gelegenheit haben, sein Handicap noch zu verbessern.«

44. Kapitel

Opatija

Tonja stieß einen spitzen Schrei aus und schlug sich die Hand vor den Mund.

Hans zitterte bis in die Fingerkuppen, vorsichtig versuchte er, seine auf der Untertasse klirrende Teetasse auf dem Tisch abzustellen. »Das ist ja völlig irreal«, rief er.

Drago zuckte mit den Schultern. »Absolut. Ich habe dem Bevollmächtigten der Concom sogar deine Kontoauszüge vors Gesicht gehalten. Hat ihn wenig interessiert. Da habe dein fehlgeschalteter Computer dir etwas vorgegaukelt, meinte er. Das hätte ihm die Zentrale in Frankfurt ausdrücklich bestätigt. Auch der *Commendatore* hat mich sehr seltsam gemustert.« Drago musste grinsen. »Ich kam mir ziemlich deplatziert vor. Noch nie habe ich eine Bank davon überzeugen wollen, dass ich ihr mehr schulde, als sie fordert.«

»Nicht du, ich«, sagte Hans.

»Genau, die wollen noch 3,9 Millionen von dir. Das ist die alte Schuld, abzüglich dessen, was sie bei einer Versteigerung aus deinem Vermögen erlöst haben.«

»Aber ich verstehe es einfach nicht.«

»Ach, ihr Deutschen. Ihr müsst den Dingen immer auf den Grund gehen. Ihr könnt nichts akzeptieren, was als Glück oder Schicksal daherkommt. Freu dich doch einfach!« Tonja sprang auf, rief »*Odlično!*« und stimmte ein kroatisches Lied an. Sie tänzelte in die Küche und kam singend mit einer Flasche Wein und drei Gläsern wieder.

Hans erwachte langsam aus der Schockstarre. Drago ging zu seiner Lederjacke, kehrte mit ein paar Bögen Papier zurück, glättete sie und reichte sie über den Tisch. »Hier, das ist der Entwurf einer Vereinbarung zwischen dir und der Concom-Bank. Du zahlst 3,9 Millionen, und im Gegenzug versichert die Bank, dass sie keinerlei weitere Forderungen an dich hat. Beglaubigen wird dies alles der *Commendatore*.«

Hans schüttelte den Kopf wie ein widerborstiger Knabe. »Aber ich hatte das Geld doch, das war keine Fata Morgana.«

Drago grinste. »Weiß ich. Aber dann kam der weiße Schwan.«

Bis in die frühen Morgenstunden saßen sie zusammen, während draußen die Wut der *Bura* langsam abflaute. Das gibt es nicht, das gibt es wirklich nicht, murmelte Hans ein ums andere Mal in sich hinein.

Nach einem kurzen, flüchtigen Schlaf rief Hans am nächsten Tag Dr. Zimmerli an. Und schon wieder bringe ich dich aus der Fassung, dachte er vergnügt im Turmzimmer.

Der Anwalt hörte sich die Geschichte schweigend an und schwieg noch eine Weile nach Hans' Bericht weiter, ehe er sehr behutsam fragte: »Bei Ihnen ist doch alles in Ordnung, lieber Herr Bäumler? Würden Sie mir bitte sagen, welchen Wochentag wir heute haben?«

»Freitag. Ich bin im Vollbesitz meiner geistigen Kräfte, Herr Dr. Zimmerli. Es ist, wie ich es geschildert habe.«

Hans musste die Geschichte wiederholen, Wort für Wort. Er glaubte zu spüren, wie die Fassungslosigkeit Dr. Zimmerli in seiner Kanzlei im fernen Frankfurt überwältigte.

Schließlich schnaufte der Anwalt. »Also, ich habe schon alles erlebt und auch das Gegenteil davon. Aber diese Angelegenheit, diese Causa, also diese Geschichte verdient den Spitzenplatz in meinen persönlichen Annalen.«

»Was raten Sie mir?«

»Regulieren Sie die alte Schuld. Sofort, ehe die es sich anders überlegen. Und rühren Sie um Gottes willen nicht mehr daran! Begraben Sie das ganz tief, vergessen Sie es, erzählen Sie niemandem davon, haken Sie es ab, Hans im Glück.«

»Tja, dann werde ich das so machen.«

Hans dankte herzlich und wollte gerade auflegen, als Dr. Zimmerli fragte: »Wohin darf ich meine Kostennote für die letzten Beratungen schicken?«

Hans nannte seine Adresse in Opatija. »Bitte zu Händen von Goran Kralj.«

»Wer ist das?«

»Ein Freund, der mir nahesteht.«

»Opatija, das passt zu Ihnen, sehr schönes Refugium. Bleiben Sie dort?«

»Weiß ich noch nicht.«

Am Abend begaben sich Tonja, Hans und Drago ins Restaurant Argonauti. Drago orderte das teuerste Menü nebst einer Flasche Château Pétrus von 1982.

Hans blickte erschrocken in die Weinkarte und sagte zu Drago: »Diese Flasche kostet mehr als dein Fiat.«

Drago meinte ungerührt: »Ist aber mein Lieblingswein für besondere Anlässe. Und vergiss nicht, ich habe dir 200 Millionen erspart.«

Hans verfiel beim Blick auf die steinerne Meerjungfrau ins ziellose Sinnieren. Er hatte es immer noch nicht begriffen, er würde es nie begreifen. Er nahm einen Schluck des Rotweins, der wahrhaft fantastisch schmeckte. Hans versuchte sich zu entspannen. Ehe ich gänzlich den Verstand verliere, gebe ich es auf, über die Sache weiter nachzudenken. Ganz am Rande bekam er mit, wie Tonja und Drago über die *Tvornica Kotlova* tuschelten.

Er schaltete sich ein. »Was kocht ihr da schon wieder aus?«

Tonja beruhigte ihn. »Ich habe Drago nur vorgeschlagen, sich für die Firma nützlich zu machen. Er ist ja leider ein *izgubljeni slučaj*.«

»Was ist er?«

»Pleite. Ein verlorener Fall. Ich meine, wir könnten ihn im Außendienst für die Firma gut gebrauchen.«

»Als Dr. Strozzi?«

Das Puttengesicht lächelte. »Nein, ich gedenke, meine slowenische Identität zu aktivieren. Ich habe dazu schon länger etwas in Reserve.« Drago bestellte noch eine Flasche Château Pétrus.

Tonja trank aufgekratzt mit. Während der dritten Flasche begann ihr Gesicht zu glühen.

Beim abschließenden Slivovitz erzählte Drago Witze auf Kosten der Serben.

Die Rechnung war gewaltig, Tonja holte dafür ein Pfund Kuna aus ihrer Handtasche.

Erst spät in der Nacht verließen sie das Argonauti mit dem Wassertaxi Richtung Villa Tonja. Die *Bura* hatte sich längst hinter die Berge verzogen, hin zu den wilden Bären. Drago und Tonja saßen im Bug, er hatte seinen linken Arm um sie gelegt. Sie schunkelten und summten mit weicher Hingabe das dalmatinische Volkslied »*Ta divna splitska noć*« – eine schöne Nacht in Split.

Hans hörte ihnen gerne zu. Er hockte hinten neben dem Bootsführer, das Meer war glatt und sanft. Er inhalierte den würzigen Geruch, schmeckte die salzige Luft. Sie schmeckte nach Freiheit.

45. Kapitel

Frankfurt am Main

»Legen Sie bitte Ihr Häkelbesteck aus der Hand, es gibt was zu tun.« Schwungvoll betrat Johannes Gutjahr sein Büro und scheuchte die Sekretärin inmitten ihrer Nadeln und Wollknäuel auf. »Rufen Sie im Büro Brenner an. Ich erwarte ihn hier. Umgehend.«

Ungläubig starrte ihn die Sekretärin an.

»Nun machen Sie schon. Geben Sie ihm als Stichwort ›Zentrifugen‹.«

Exakt neun Minuten später erschien Brenner, bleich und angespannt. Die Sekretärin schaute ihm, während sie die Bürotür schloss, mit offenem Mund nach. Gutjahr erwartete ihn am Schreibtisch. Der Vorstandsvorsitzende warf einen flackernden Blick aus dem Fenster, hin zu den Containern und Krüppelsträuchern.

»Setzen Sie sich doch bitte«, sagte Gutjahr und wies auf das freie Stühlchen vor seinem Schreibtisch.

Brenner nahm Platz und zupfte umständlich seine maßgeschneiderten Hosenbeine zurecht. Danach wusste er nicht mehr, wohin mit seinen manikürten Händen.

In diesem Zustand brauchst du beim nächsten Marathon sechs Stunden, dachte Gutjahr zufrieden. Er konzentrierte sich, denn nun ging es um alles. Wenn er jetzt versagte, würde er zusammen mit Hillebrandt bald Essen für Bedürftige ausfahren. Gutjahr reichte seinem Gegenüber wortlos die Kopie des Bäumlerschen Kontoauszugs.

Brenner studierte das Blatt kurz und machte anschließend eine verächtliche Handbewegung. »Das ist ein Fetzen Papier, das kann sich jeder am PC basteln. Was beweist das schon?«

Zeit für den Bluff, sagte sich Gutjahr und entgegnete: »Das ist mir klar. Aber ich hatte ein sehr interessantes Gespräch mit einer Maschinenbaufirma im Schwarzwald. Und mit einem Kollegen der Phoenix in Dublin. Der hat Panik, er will nicht mit in den Strudel gerissen werden.«

Treffer. Brenner zuckte zusammen und rutschte unbehaglich auf eine Kante des Stühlchens. Er war nun kalkweiß. Leise sagte er: »Schön und gut, was wollen Sie mit diesem lockeren Puzzle von Indizien anfangen?«

Gutjahr erwiderte ruhig: »Ich könnte den Aufsichtsrat der Bank über meinen Verdacht informieren. Dort wäre man bestimmt nicht amüsiert. Und dann würde die interne Revision Ihr elektronisches Blendwerk auseinandernehmen, das Sie und Ihre Heinzelmännchen in der Buchhaltung installiert haben. Sie können sicher sein: Die suchen nicht nur, die finden die 200 Millionen. Die Schlagzeilen in der Presse mag ich mir nicht ausmalen.« Gutjahr machte eine Kunstpause, bevor er nachschob: »Die Reaktion der US-Behörden erst recht nicht.«

Brenner zerfiel.

Was von ihm übrig war, erhob sich, lief hin und her in der winzigen Bürozelle. Dann platzte es wie befreit aus ihm heraus: »Wissen Sie eigentlich, wie es der Bank ging, als ich den Vorstandsvorsitz übernahm?«

»Ja, schlecht. Zu viel auf Investmentbanking gesetzt, auf Wetten und windige Konstrukte.«

»Ich musste etwas tun, sonst wären wir untergegangen. De facto haben wir kein tragfähiges Geschäftsmodell, wir sind überflüssig. Es gibt viel zu viele Banken. Dazu die neue Online-Konkurrenz, dieser ganze Fintech-Komplex.« Seine Stimme hatte etwas Flehentliches, als er fortfuhr. »Und wissen Sie was? Unsere – sagen wir – diskreten Dienstleistungen über die Phoenix waren gar nicht so ertragreich.«

Gutjahr erwiderte kühl: »Laufen diese ›diskreten Dienstleistungen‹ immer noch?«

Brenner setzte sich wieder und wischte sich mit dem Einstecktuch Schweißperlen von der Stirn. »Ich fahre das Ganze derzeit komplett herunter.«

»Gut so. Dann halten wir den Deckel drauf und hoffen, dass unsere schöne Tochter Phoenix nur die Aufmerksamkeit der Golfer und Schafzüchter erregt.«

Brenner schöpfte Hoffnung. »Sie wollen uns also nicht in den Abgrund stürzen?«

Gutjahr streichelte angelegentlich seinen Bauch, ließ die Frage im Raum schweben, ehe er sagte: »Wieso haben Sie mich so vorgeführt? Erst die Luxusreisen, dann ab in den Hinterhof?«

Brenner lächelte schwach. »Ich konnte mit Ihnen nicht offen über die Problematik sprechen. Sie hätten nicht kooperiert.«

»Richtig.«

»Deshalb versuchte ich es mit subtilen Signalen.«

»Es war nicht sehr subtil, mich in diesem Loch zu verstauen.«

Brenner nickte ergeben. Vom Stühlchen aus fragte er: »Wir könnten Ihre Abfindung erhöhen. Wie wäre es mit zwei Millionen?«

»Nein.«

»Was wollen Sie dann?«

»Ihren Job.«

46. Kapitel

Opatija

Der junge Herr aus Zagreb war begeistert. Er war auf der Suche nach einem Ring, und Hans präsentierte ihm ein Prachtexemplar aus Platin mit winzigen Brillanten. Der Kunde hielt den Ring ans Licht, betrachtete ihn von allen Seiten und sagte: »Schätze so um 1924, typisch Cartier. Ich mag aber auch die Stücke von Lacloche und Boucheron. Das waren noch Manufakturen!«

»Führen wir natürlich ebenfalls. Dieser Ring kostet übrigens 12.000 – wem auch immer Sie ihn schenken, er wird viel Freude bereiten«, erwiderte Hans. Er war entzückt, endlich mal wieder ein Connaisseur. Er mochte solche Kunden und besonders diesen jungen Herrn mit dem gut geschnittenen blauen Jackett und den eleganten, dunklen Budapester Schuhen. Feine Gesichtszüge unter den schwarzen Haaren, die ein erstklassiger Friseur in Form hielt, dazu ein kleines Muttermal auf der linken Wange als sympathische Zugabe. Ein schöner Mann, beste Manieren, Anfang 30, wie Drago. Er sprach ein gutes Englisch.

Hans war prächtiger Laune. Er hatte gut geschlafen nach dem gestrigen Exzess im Argonauti, an dem er nur maßvoll teilgenommen hatte. Vorhin hatte ein Zwilling den zerknautschten Drago auf die Ducati geschnallt, um ihn zurück nach Triest zu fahren, der andere Zwilling war auch weg. Ihre beiden Beschützer wollten sich danach in Guguljak treffen, zur Hochzeit einer Nichte. Tonja lag noch hoch oben im Himmelbett, den Kopf begraben unter ein paar Eisbeuteln. Sie waren also erstmals allein in der Villa. Aber was sollte schon passieren? Er war doch »Hans im Glück«, alles würde sich richten.

Der junge Herr legte den Ring zurück in die Schmuckschatulle. »Ein angemessener Preis«, sagte er. »Ich muss noch zur Bank nach Rijeka und danach etwas im Yachthafen erledigen. Kann ich am frühen Abend erneut vorbeikommen, was meinen Sie?«

»Gerne. Dann zeige ich Ihnen ein paar hübsche Kleinigkeiten von Lacloche und Boucheron, die sollten Sie sich unbedingt anschauen. Wie wäre es mit 18 Uhr? Mit einem Sundowner auf unserer Terrasse? Der Blick aufs Meer wird Ihnen gefallen.«

Der junge Herr nickte. »Das klingt sehr verlockend.« Eingehend glitt sein Blick über den Verkaufsraum mit den edlen Möbeln. »Ein schönes Geschäft, Herr …?«

»Goran Kralj.« Das funktionierte bei Hans mittlerweile automatisch.

Die Tür zum Privatbereich der Villa ging auf, Tonja kam herein. Von Exzess keine Spur mehr, sie hatte etwas Rouge aufgetragen, der weiße Hosenanzug saß wie angegossen und betonte ihre Rundungen. »Sorry, wenn ich störe.«

Hans machte sie mit dem jungen Herrn bekannt, der seinen Namen noch nicht genannt hatte.

Er begrüßte Tonja per Handkuss, formvollendet. »Zu dieser Villa kann man Sie nur beglückwünschen! Ihr Partner hat mich für heute Abend zu einem Drink eingeladen, es wird mir eine Ehre sein.«

Tonja dankte ihm mit einem stillen Nicken, holte einen Briefumschlag aus dem Biedermeiersekretär und verschwand wieder. Die Augen des jungen Herrn folgten ihr, aber recht dezent.

Eine wirklich angenehme Erscheinung, dieser Kunde, dachte Hans. Als er ihn zur Ladentür brachte, war ihm richtig warm ums Herz. Es geht doch nichts über freundliche, kultivierte Menschen, sind so selten geworden. Er drückte ihm die Hand.

Im Weggehen drehte sich der junge Herr noch einmal um. »Ihr Name war Goran Kralj, richtig?«

»Richtig.«

Das feine Gesicht lächelte. »Seltsam. Ich hätte eher auf Hans Bäumler getippt.«

47. Kapitel

Opatija

»Wer ist das, was will der?« Hans saß mit Tonja in der Küche und nippte ratlos an einem Caffè Americano, nachdem er ihr von dem bizarren Wortwechsel berichtet hatte.

Tonja zog die Stirn kraus. »Ich kann dir sagen, was der will. Kuna, Dollar oder Euro – und zwar jeden Monat und ziemlich viel davon. Zu unserem Schutz, wie er sagen wird.« Tonja wurde wütend. »Möchte nur wissen, wie diese *prokleta zmija*, diese verdammte Schlange, von uns erfahren hat.«

Die prächtige Laune von Hans war verflogen, aber er wollte sich und Tonja beruhigen. »Vielleicht ist das Ganze völlig harmlos, irgendein verrückter Zufall.«

Tonja strich ihm traurig über die Wange. »Solche Zufälle gibt es nicht, Bäumler.« Sie zückte ihr Handy. »Jetzt hole ich erst mal Slavko und Branko zurück, dann rufe ich Drago an.«

Sie erreichte Slavko sofort, das Stakkato ihrer Stimme war sehr zwingend. Nachdem sie aufgelegt hatte, sagte sie: »Gott sei Dank sind die Zwillinge bei der Hochzeit nicht in ein Weinfass gefallen. Sie machen sich sofort auf den Weg, morgen sind sie wieder in Opatija.«

Hans versuchte sich in einem Scherz. »Bringen sie ihren Panzer mit?«

Tonja war nicht nach Scherzen zumute. »In der Einliegerwohnung, in den Autos und in der Garage haben wir einiges an Feuerkraft deponiert, aber das Ganze gefällt mir nicht, überhaupt nicht.«

Hans wurde es immer mulmiger.

Der zweite Anruf galt Drago. Kurz zögerte Tonja, dann wählte sie und bemerkte nebenbei: »Seit wir deine Concom nicht mehr am Hals haben, kann ich wenigstens direkt anrufen.«

Drago war sofort am Apparat. Sie erzählte ihm vom Besuch des jungen Herrn. Hans verstand die Sprache mittlerweile recht gut, den Rest reimte er sich zusammen. So bekam er mit, dass Tonja das Äußere des Mannes beschrieb und am Ende sagte: »Ja, das Muttermal hat er auf der linken Wange.« Anschließend schwieg sie und hörte Drago lange zu, bevor sie mit dem Satz »Okay, ich werde dir ein Foto von ihm schicken« das Telefonat beendete.

Hans blickte sie fragend an.

Tonja seufzte. »Lieber Hans, dieser Kunde will mit Sicherheit keinen Ring von Cartier bei dir kaufen. Drago hat einen Verdacht, wer das sein könnte. Er klang ziemlich alarmiert.«

Pünktlich um 18 Uhr erschien der junge Herr erneut. Strahlend überreichte er Tonja einen Blumenstrauß, den sie zögerlich in Empfang nahm. Hans bat ihn auf die Terrasse, wo Tonja den Sundowner aus einer Karaffe servierte, einen Melonendrink mit einem Schuss Wodka. Der Gast atmete behaglich durch und musterte zusammen mit Hans das Panorama. Das Meer trug wieder einmal Abendblau, das Grün des Učka-Gebirges hoch über dem Städtchen leuchtete satter denn je. Die Petunien in den Töpfen rund um die Terrasse dufteten.

»Sie leben in einem Paradies«, sagte der Besucher und ließ sich an dem langen Holztisch nieder, der auf der Terrasse seinen festen Platz hatte.

»Und, möchten Sie nun den Schmuck sehen?«

Der Gast winkte lässig ab. »Das hat Zeit. Wir wissen doch, dass es um ein anderes Thema geht.«

Er saß an einer Stirnseite des Tisches, als ob er das Präsidium übernommen hätte. Tonja und Hans hatten an den Längsseiten Platz genommen.

Tonja fragte: »Ich habe vorhin Ihren Namen nicht verstanden?«

Er nahm einen langen Schluck und meinte leise: »Auch das hat Zeit.« Er beugte sich vor und schaute Hans und Tonja ernst an. »Ich bin in großer Sorge um Sie beide.«

»Wieso?«, fragte Hans.

Der junge Herr zog den Kragen seines weißen Polohemds glatt, das gut mit dem blauen Jackett harmonierte. »200 Millionen sind keine Kleinigkeit. Darüber reden manche Leute, das weckt gewisse Begehrlichkeiten.« Er schüttelte den Kopf, voll Kummer über die allgemeine Gier.

Tonja schaltete sich ein. »Sie sprechen in Rätseln. Wir haben keine 200 Millionen.«

Da sagt sie mal die Wahrheit, durchfuhr es Hans.

Der Gast lächelte sie milde an. »Das hätte ich an Ihrer Stelle auch gesagt. Aber nicht nur ich, auch andere fragen sich, wie eines Tages bei einer Großbank in Zagreb knapp 200 Millionen Euro eintrudeln konnten, überwiesen von einem Hans Bäumler aus Deutschland. Wie diese Millionen etwas unklarer Herkunft in drei ehrenwerten Stiftungen unseres Vaterlands verschwanden und sich ihre Spur anschließend verlor. Ich werde den Verdacht nicht los, liebe Tonja – ich darf Sie doch so nennen? –, dass dieses Geld Sie und Ihren geschätzten Freund seitdem auf Ihrer Lebensreise begleitet.« Er machte eine Pause, schnüffelte in die leichte Brise, die sich vom Meer her zur Villa gewagt hatte, und fügte fürsorglich hinzu: »So viele Millionen, ein so nettes Paar und so gänzlich unbeschützt – da muss man einfach helfen.«

Tonja erwiderte barsch: »Nennen Sie mich nicht beim Vornamen. Und lassen Sie uns mit Ihren Fantasien in Ruhe.«

Der Gast seufzte. »Nichts wäre mir lieber, aber ich habe meine Direktiven …« Er schwieg erneut und musterte ein Touristenboot, das unten auf dem Meer Richtung Lovran tuckerte. Er löste den Blick und fixierte Hans und Tonja. »Ich repräsentiere eine Unternehmensgruppe in Belgrad. Dort ist man auf Sie aufmerksam geworden.«

»Und in welcher Branche ist diese Gruppe aktiv?«, fragte Hans.

»Security. Wir verschaffen unseren Klienten rundum

Sicherheit, wir schützen ihre Unversehrtheit und ihr Vermögen.«

Tonja stand unvermittelt auf und lief ins Haus.

Hans blieb nach außen ruhig, obwohl sein Herz pochte. »Ich nehme an, das ist mit gewissen Kosten verbunden?«

Der Mann hob die Hände. »Unser Service ist natürlich nicht kostenlos. Aber nach Vertragsabschluss können Sie und Ihre reizende Gefährtin wieder ruhig schlafen.«

»Wieviel?«

»20.000. Pro Monat.«

Da war er wieder, der Standardtarif für besondere Dienstleistungen in Kroatien. Hans stellte sein Glas mit dem Sundowner betont kräftig auf den Tisch. »Und wenn wir Ihr Angebot ablehnen?«

Der junge Herr lächelte. »Unsere Angebote lehnt niemand ab.«

Wo war Tonja nur? Aus dem Augenwinkel hatte Hans kurz ihr Gesicht an einem Fenster im ersten Stock der Villa erspäht.

Der Gast fuhr begütigend fort: »20.000 sind doch eine Petitesse, das spüren Sie gar nicht. Übrigens, kann ich noch ein Glas von diesem Melonendrink haben? Der ist wirklich vorzüglich.«

Hans schenkte ihm aus der Karaffe nach.

Währenddessen kam Tonja zurück und setzte sich an den Tisch. Mit finsterer Miene wandte sie sich an den Mann. »Von diesen ›Dienstleistern‹, wie ich sie mal nenne, aus Belgrad habe ich schon gehört, mein werter Herr. Die agieren etwas aggressiv, finden Sie nicht?«

Er zuckte mit der Schulter. »Nun ja, wir sind ein schnell wachsendes, sehr dynamisches Unternehmen.«

Hans kam sich vor wie in einem Film.

Tonja stand erneut auf. »Ich muss noch mal telefonieren.«

Als sie sich zur Terrassentür bewegte, klebten die Augen des Gastes an ihrem Hintern, nun schon weniger dezent. Auch Tonja bemerkte es.

Der Mann erhob sich. »Lieber Herr Bäumler«, sagte er, »ich habe Ihre Gastfreundschaft genügend in Anspruch genommen. Ich darf vorschlagen, dass wir morgen Abend die Details regeln. Ich freue mich sehr auf unsere gemeinsame Zukunft!«

48. Kapitel

Opatija

»Das sind böse Buben, richtig böse Buben«, sagte Tonja.

»Du meinst diese Unternehmensgruppe aus Belgrad?«, fragte Hans.

»Ja, das ist die serbische Mafia, auch *Naša Stvar* genannt. Die waren schon in den 1970er-Jahren aktiv. Als Jugoslawien zerfiel, sind sie während der Wirren richtig groß rausgekommen. Sind im Drogen- und Waffenhandel tätig, eine ihrer Spezialitäten ist die Schutzgelderpressung.«

Hans schüttelte sich. Plötzlich sehnte er sich zurück in seinen Kokon im Frankfurter Westend, nach der wohlanständigen Myliusstraße, nach seinem kleinen Geschäft im Schatten des Kaiserdoms, nach den abendlichen Lesestunden vor dem Kamin bei einem guten Glas Wein. Jetzt stand die Mafia vor seiner Tür. Ihm war, als ob eine kalte, fischige Hand nach ihm griff.

Sie waren gerade unterwegs auf der Uferpromenade Richtung Volosko, dem Dorf mit seinem malerischen kleinen Hafen im Norden von Opatija. Sie suchten die kühle frische Luft des Vormittags und Bewegung, sie wollten klare Gedanken fassen.

»Gut, dass ich ein paar Fotos von ihm machen konnte, er hat wohl nichts bemerkt. Wenigstens wissen wir jetzt, mit wem wir es zu tun haben«, fuhr Tonja fort.

Hans erinnerte sich an gestern Abend, das hatte sie geschickt hingekriegt vom ersten Stock der Villa aus. Die Bilder waren direkt an Drago gegangen, der sich zwei Minuten nach dem Abschied des Herrn gemeldet hatte. Recht kleinlaut übrigens, wie Hans merkte, als Tonja auf Mithören geschaltet hatte.

»Ich kenne den Mistkerl. Es ist Vojislaw Nemanić, ein Serbe, der aber schon lange in Kroatien lebt. War meine rechte Hand bei der Zagorska Banka, ein eminent tüchtiger Kollege, ein wahrer Könner in der Informationstechnologie. Jedoch immer in Geldnöten. Sein Gehalt hielt mit seinem exquisiten Lebensstil nie Schritt. Vor drei Jahren haben sich unsere Wege getrennt, er musste die Bank wegen gewisser Vorkommnisse verlassen.«

»Wie kam er auf uns?«, hatte Tonja gefragt.

»Hm, Vojislaw hat mir bei Architekturarbeiten geholfen.«

»Bei was?«

Drago war richtig verlegen geworden. »Bei der IT-Konfiguration für meine drei Stiftungen.«

»Und da hat er ein paar nette Trojaner implantiert?«

»Sieht so aus. Ich fürchte, dadurch hat er die 200 Millionen bemerkt, die ich für einen Tag den Stiftungen gutschrieb. Es war für ihn einfach, ihren Ursprung bei Hans Bäumler in Frankfurt zu orten.«

Hans hatte sich eingeschaltet. »Das erklärt immer noch nicht, wie er es schaffte, bei uns in der Villa Tonja in Opatija aufzutauchen.«

»Weiß der Teufel, vielleicht hat er mich beschattet und ist mir zu unserer ersten Begegnung im Esplanade nachgegangen, um zu sehen, mit wem ich mich treffe. Euch ist er dann nach Guguljak gefolgt und später nach Opatija. Ich sagte doch, der ist schlau.«

Hans hatte sich an die pralle Kunstledertasche und die Lidl-Tüte mit den fünf Millionen in bar erinnert, die sie zu ihrem Auto am Hauptbahnhof geschleppt hatten. Sein Unbehagen von damals war nicht grundlos gewesen.

»Aber warum hat er so lange gewartet?«, hatte Tonja gefragt.

Hans hatte förmlich gespürt, wie Drago im fernen Triest seine grauen Zellen massierte.

»Ich nehme an, dass er sich nach dem Rauswurf bei der Zagorska Banka zunächst eine neue Existenz aufbauen musste. Dazu gehören Kontakte, und die ergeben sich nicht von heute auf morgen. Wahrscheinlich arbeitet er erst seit Kurzem für die *Naša Stvar.* Nun fühlt er sich stark genug, euch anzugehen.«

»Wir haben die Zwillinge«, hatte Tonja entgegnet.

»Klar, tolle Burschen. Aber gegen die *Naša Stvar* können die auf Dauer keinen ausreichenden Schutz bieten. Ihr seid viel zu exponiert in eurer einsamen Villa da unten am Meer.«

»Und wenn wir dennoch nicht zahlen?«

»Dann dürfte es sehr ungemütlich werden.«

»Eine letzte Frage«, hatte Tonja angesetzt. »Weshalb musste dein geschätzter Mitarbeiter bei der Bank gehen?«

»Vojislaw hat einen schweren Webfehler, trotz seiner glänzenden Manieren. Er sieht sehr gut aus, könnte viele Frauen haben. Er will aber alle und hält sich für unwiderstehlich. Im Büro gab es immer wieder Übergriffe. Als er über eine junge Hospitantin herfiel, war Schluss für ihn.«

»Auch hinter mir hat er schon hergeglotzt«, hatte Tonja erwidert und das Telefonat beendet.

Ihr Marsch hatte sie bis in die Ortsmitte geführt. Hans blickte von der Promenade aus auf die prunkende Fassade des Kvarner Grand Hotels. Der letzte Winter kam ihm in den Sinn, glanzvoll war der Wiener Ball im dortigen Kristallsaal gewesen, er hatte sogar einen Walzer linksherum geschafft und dann mit Tonja das prachtvolle Feuerwerk genossen, das um Mitternacht auf einer kleinen Seebühne inszeniert worden war.

Das Meer zu seinen Füßen war glatt und friedvoll. Er blieb stehen und fasste Tonja am Arm. »Können wir nicht mit ihm verhandeln, vielleicht über eine Einmalzahlung, damit er uns in Ruhe lässt?«

Sie entzog sich empört seiner Hand. »Niemals! Der kriegt keine Kuna, keinen einzigen Cent. Nemanić ist ein Nimmersatt, beim Geld wie bei den Frauen, du hast Drago doch gehört. Wenn wir zahlen, wird er sich in unserem Leben einnisten wie ein Parasit. Wir sind das Wirtstier, er wird dabei immer fetter werden. Bald kommt er nicht nur zum Melonencocktail, sondern wird ein ganzes Dinner erwarten. Und zum Dessert will er dann mich.«

49. Kapitel

Opatija

Im winzigen Hafenrund von Volosko verloren sich nur wenige Touristen. Hans und Tonja fanden beim dortigen Italiener ohne Mühe einen Tisch für sich, schön schattig unter einer mächtigen Markise. Appetit hatten sie keinen, zwei Espressi, Wasser und kleine Kekse reichten.

Tonja kam ohne Umschweife zur Sache. »Heute Abend erklären wir dem Herrn, dass es bei uns nichts zu holen gibt. Er wird wohl wieder alleine kommen, außerdem sind dann die Zwillinge zurück. Großen Ärger wird es also nicht geben.«

»Noch nicht«, sagte Hans.

»So ist es. Wir müssen ein paar Entscheidungen treffen.« Tonja knackte einen Keks. »Wir werden die Villa und den Laden hier aufgeben. Es ist zu gefährlich.«

»Und dann?«

»Wir ziehen uns nach Guguljak zurück.«

»Und wenn die Mafia auch dorthin kommt?«

Tonja schüttelte ihre Mähne. »Wir sind dort 244 *guguljci*, uns nicht eingerechnet. Wobei deine Unterstützung ohnehin eher moralischer Natur sein dürfte.«

Hans war nicht beleidigt. Er kannte den Verschluss jedes gängigen Art-déco-Halsbands, bei einer Maschinenpistole war ihm jedoch unklar, wo vorn und hinten war.

Tonja fuhr mit funkelnden Augen fort: »Ich werde mein Dorf vorbereiten und die *Tvornica Kotlova* zu einer Festung machen. Meinetwegen kann die Mafia in zwei dicken SUV gleich ein Dutzend Männer mit Sonnenbrillen schicken – die landen alle in einem unserer tiefen Brunnen. Das wissen die in Belgrad, und deshalb werden sie es lassen. Aber ich werde für alle Fälle vorsorgen.«

Hans fühlte sich wieder einmal in den Strudel der Ereignisse geworfen. Und dann noch Guguljak, bei aller Liebe. Er schluckte. »Ziehen wir zurück in die Schachtel?«

Sie legte ihm sanft eine Hand auf dem Arm. »Nur für wenige Tage, mein Lieber. Wie wäre es denn mit zwei Wohnsitzen? In Guguljak und in einer Stadt in der Mitte Deutschlands?«

Sein Herz machte einen kleinen Sprung. »Frankfurt?«

Sie lächelte. »Warum nicht? Mein Vater hat die Firma ganz gut im Griff, es reicht, wenn ich dort ab und zu vorbeischaue. Viel kann ich auch von Deutschland aus machen. Und dein Frankfurt boomt, immer mehr Leute ziehen zu, da ist jede Menge Kaufkraft. Du kannst dort einen neuen Laden eröffnen und dich bei deinen alten Kunden in Erinnerung bringen. Wir mieten uns eine schicke Wohnung. Das ist doch dein Wunsch. Na?«

Hans wurde schwindlig, das alles ging sehr rasant. Er lehnte sich in seinem Stuhl zurück und holte tief Luft.

»Aber wir nehmen alle unsere schönen Sachen aus der Villa mit, die Ware aus dem Laden sowieso.«

Sie grinste. »Ich weiß, du bist kein Loslasser, sondern ein Behalter.« Tonja wurde ernst. »Ich habe übrigens einen Kassensturz gemacht. Wir müssen nicht nur wegen der *Naša Stvar* Opatija verlassen.«

Hans hatte es geahnt. »Ich nehme an, ihr seid mit eurer Aktion ›Geldvermehrung‹ an der Börse noch tiefer in die Grütze gefahren als angenommen?«

Sie wischte sich unwillig eine Haarsträhne aus dem Gesicht. »Ja, leider. Die Verluste sind erheblich höher. Dieses Scheiß Short Selling. Das habe ich Drago auch deutlich gesagt. Doch was soll's, das ist Schnee von gestern. Außerdem müssen wir schnellstmöglich dem *Commendatore* die 3,9 Millionen für deine Concom überweisen, bevor die ihr Wachkoma beenden.«

»Wir brauchen also Kohle«, stellte Hans nüchtern fest.

»Es ist noch was da, aber damit müssen wir sehr sorgsam umgehen. Ein Art-déco-Geschäft in Frankfurt wäre sehr hilfreich. Ich fürchte, Guguljak ist nicht der passende Standort für deine Broschen, Halsbänder und Ringe.«

Hans musste lachen. »Nein, das kann ich mir nicht vorstellen. Ich weiß schon den Platz für mein künftiges Geschäft in Frankfurt. Die neue Altstadt ist fertig, dort muss ich hin, das wird ein Renner.«

»Dass du in keine moderne Shoppingmall gehst, war mir klar.« Tonjas Miene wurde wieder ernst. »Ich könnte natürlich die *Tvornica Kotlova* in Guguljak zerschlagen. Ein gewisses Sümmchen ließe sich damit erlösen. Aber willst du das, jetzt, wo sie gerade ins Laufen gekommen ist? Es ist das Einzige, was meine *guguljci* haben.« Ihr Blick hatte etwas Flehentliches.

Hans winkte ab. »Nein, nein, ich weiß, wie sehr du daran hängst. Nach alledem würde ich das nicht übers Herz bringen. Wenn es dir gutgeht, geht es auch mir gut. Also, wie viel haben wir noch?«

In ihrem Kopf ratterte die Zählmaschine. »Es reicht für eine gute Wohnung zur Miete in Frankfurt, für einen neuen Laden, dessen Erstausstattung und etwas Betriebskapital. Und für etwas Security.«

Letzteres hatte Hans befürchtet. »Der lange Arm der Mafia reicht bis Frankfurt?«

Tonja nickte. »Die in Belgrad operieren international, derzeit mit Schwerpunkt Italien. Aber auch in Deutschland haben sie Interessen.«

Hans wunderte sich nicht zum ersten Mal über ihre vielfältigen Branchenkenntnisse. Tief in seinem Magen begann sich das Unbehagen zu rühren, so hatte er sich seine Heimkehr nicht vorgestellt.

Die Sonne stand nun hoch über der Bucht. Hans ließ seinen Blick über das Halbrund des Hafens schweifen, über die aufgebockten Fischerboote, die zum Trocknen ausgelegten Netze, die schlappen Katzen auf den warmen Steinen, die träge an den Kai schwappenden Wellen. Die meisten Bewohner hatten sich in die Tiefe ihrer Häuser verkrochen. Ein einsamer Eisverkäufer trotzte mit seinem Stand der Hitze.

Tonja hing am Smartphone, sie sprach zuerst mit Drago, anschließend mit Tihomir. Danach waren einige

Onkel an der Reihe, es folgten der Wirt des »Fässchens« und Mirko, der Hans' Jaguar filetiert hatte. Die ersten Befehle zum Festungsbau gingen hinaus.

Für den Rückweg nahmen sie sich viel Zeit. Tonja war in Gedanken versunken, Hans malte sich aus, wie das heute Abend enden, aber auch, welchen Verlauf ihre Lebensreise nehmen würde. Lebensreise. Diesen Ausdruck hatte der Herr von der Mafia gewählt, ein durchaus ansprechendes Wort, fand Hans. Schade um diesen jungen Mann, der so gute Umgangsformen hatte.

Im Zentrum von Opatija trennten sie sich. Tonja gab ihm einen Kuss auf die Wange, sie wollte schnell in die Villa, zumal die Zwillinge ihre baldige Ankunft gemeldet hatten. Hans war erleichtert, als er das hörte. War schon gut, wenn man bewaffnete Gärtner um sich hatte.

Er ließ sich durch die *Maršala Tita* treiben, kaufte ein paar Kleinigkeiten für das Abendessen und Zeitungen. Ein Abstecher in den Angiolina-Park folgte, wo er der früh verstorbenen schönen Angiolina gedachte. Nun begannen die Abschiede, die kleinen Tode. Er würde die Villa Tonja vermissen, den Privatzugang zum Meer, seinen Kaiser und, nicht zu vergessen, die *kremšnite* im Café Wagner.

Gegen 16 Uhr kam er bei der Villa an. Als er die Tür aufschloss, herrschte eine merkwürdige Stille. Dann erblickte er im Eingangsbereich Slavko, der gerade ein Zielfernrohr auf ein Gewehr schraubte und ihm grimmig zunickte. Branko kam um die Ecke, im rechten

Schulterholster eine kurzläufige Waffe, in der linken Hand eine zerbrochene blaue Vase, die er in einer Mülltüte verstaute. Auf dem Marmorboden sah Hans eine Wasserlache und verstreute Blumen. Auf den Stufen, die ins erste Geschoss führten, lagen zwei zerfetzte Bilderrahmen. Hans schaute genauer auf die Stufen, sie waren mit ein paar frischen Blutspritzern gesprenkelt.

Er hastete ins Wohnzimmer. Sein Blick irrte durch den Raum. Tonja kauerte wie ein Mäuslein in der äußersten Ecke eines Sofas und hatte ihren Kopf in den Händen versenkt. Sie sah derangiert aus, ein Pflaster klebte an der Stirn, die rote Bluse war seltsam verrutscht, die weiße Hose hatte einen Riss, ihre Füße in den silbernen Ballerinas hatte sie schüchtern nach innen gekehrt. Hans stürzte auf sie zu, setzte sich neben sie, nahm sie in den Arm, strich ihr über die wirren Haare.

Sie schmiegte sich an ihn und sagte mit rauer Stimme: »Es ist was passiert. Aber keine Angst, ich bin ein hartes Mädchen.«

50. Kapitel

Opatija

»Als ich die Tür zur Villa aufschließen wollte, stand er plötzlich hinter mir.« Tonja sprach stockend, von einem nervösen Husten unterbrochen. »Er sei schon etwas früher da, hat er gesagt und gefragt, ob er hereinkommen dürfe. Da hab ich ihn halt reingebeten, was sollte ich sonst tun?«

»Hm, hätte ich auch gemacht.«

»Ich habe ihm in der Küche einen starken Kaffee serviert. Ich hatte den Eindruck, dass er leicht angetrunken war, aber sicher war ich mir nicht. Jedenfalls haben wir uns zuerst ganz nett unterhalten, über die Oper in Zagreb, über die Touristenflut in Dubrovnik, über das Nachtleben in Belgrad.« Sie hustete erneut und sagte leise: »Bitte bring mir einen Wodka. Nein, bring die ganze Flasche.«

Hans holte die Flasche nebst zweier Gläser und setzte sich wieder zu ihr.

Tonja trank gierig und wischte sich über den Mund. »Dann hat er auf einmal mein Knie betatscht und angefangen, mir Komplimente zu machen. Eines schleimiger als das andere.«

Hans wurde übel.

»Ich habe ihm gesagt, er soll das lassen. Aber er hat

weitergetätschelt. Ich solle mich nicht so haben, er wisse doch, dass ich es wolle.« Tonja richtete sich auf. »Da habe ich ihm eine gescheuert.«

»Sehr gut«, sagte Hans.

Sie schüttelte den Kopf. »Das hat ihn nur weiter angetörnt. Er ist aufgestanden und hat an seinem Hosenschlitz gefummelt.«

Hans erstarrte. »Und dann?«

»Ich raus aus der Küche und auf den Flur hin zur Treppe, dabei habe ich eine Vase umgestoßen. Ich wollte nur weg, ins Turmzimmer, mich einschließen. Aber er war schneller, holte mich auf den ersten Stufen ein. Wir haben miteinander gerangelt, da ging einiges zu Bruch. Dann hatte er mich. Ich wusste gar nicht, wie stark der ist.«

Hans glühte vor Zorn.

»Er war mit der Hand schon in meiner Hose, als ich draußen die Ducati hörte. Die Zwillinge waren angekommen, und ich habe geschrien wie ein dalmatinisches Ferkel, das gerade gepfählt wird. Hat man wohl bis Rijeka gehört. Zehn Sekunden später waren sie an der Treppe.«

Hans schnaufte. »Ich hoffe, die haben ihm so richtig die Meinung gegeigt.«

Tonja lächelte schwach. »›Die Meinung gegeigt‹, wie niedlich. Der Kerl kann von Glück reden, dass er noch lebt. Branko wollte ihn an der letzten Sprosse der Wendeltreppe ins Wasser hängen, mit dem Kopf voran. Slavko schlug vor, ihn in Draht zu wickeln und bei den Bären hoch über der Stadt abzulegen. Ich hatte alle

Mühe, die beiden zu bändigen. Die waren im Rausch, das war wie im Krieg 1992, als die Serben vor Karlovac standen.«

Hans geriet außer sich, so kannte er sich gar nicht. »Ich hätte die Variante mit den Bären gewählt.«

Sie warf ihm einen liebevollen Blick zu. Versehen mit einem Restzweifel, ob er das wirklich durchgezogen hätte.

»Wie ging es aus?«

Tonja schenkte sich noch ein Glas Wodka ein, trank es in einem Zug aus und schniefte zufrieden: »Sie haben ihn sorgfältig durchgeprügelt. Dem guckt im Moment keine mehr hinterher. Dann haben sie ihn, er war wohl nicht mehr gehfähig, zum Busbahnhof von Opatija geschleift, von seinem Geld eine Fahrkarte gekauft, ihn in den Bus nach Zagreb gesetzt und gewartet, bis der Bus abfuhr.«

Das harte Mädchen erholte sich von Minute zu Minute. Sie umschlang Hans und hauchte ihm ins Ohr: »Aber nun zu uns beiden. Es ist höchste Zeit, diesen Ort zu verlassen. Wir müssen schnell sein.«

51. Kapitel

Guguljak

Im »Fässchen« herrschte auf den ersten Blick eine großartige Stimmung. Der Duft von Lamm am Spieß waberte durch den überfüllten Gastraum. Hans freute sich auf das Lamm, auf die Tomaten und jungen Zwiebeln, auf das frisch gebackene Weißbrot und *Karlovačko Pivo.* Gerade eben war er gekommen, Hand in Hand mit Tonja, von der Schachtel aus durch die hohen Gräser.

Der eisgraue Schrat begrüßte sie freundlich, gut besetzt war der Tisch mit den *Bisnissmän*, wo es um die großen *Gälder* ging. Alles wie gehabt, das beruhigte Hans. Auch die Wurlitzer stand an ihrem Platz, die Jukebox kam ihm vor wie ein Fels im Strom der Zeit.

Sie fanden ein Plätzchen neben drei der Onkel, die bereitwillig zusammenrückten. Hans blickte erneut zur Jukebox und traute seinen Augen nicht.

Links neben der Wurlitzer hockten die Zwillinge. Slavko trug ein feines blaues Jackett. Die Rückennaht war geplatzt und notdürftig geflickt, was aber der eleganten Erscheinung keinen Abbruch tat. Hans musterte Branko, dessen Füße in dunklen Budapestern steckten, deren Politur glänzte.

Hans stieß Tonja in die Seite. »Hast du das gesehen?«

Sie löste sich aus dem Schwatz mit einem Onkel, schaute hinüber und meinte achselzuckend: »Ach ja, ich erinnere mich. Die Zwillinge haben den Nemanić bis auf seine Unterhose ausgezogen, ehe sie ihn in den Bus stopften. Der weiß jetzt, wie sich Erniedrigung anfühlt.«

Hans rieb sich am Kinn. »Bei allem berechtigten Zorn der Zwillinge – dass einer der Ihren in Unterhosen zurückgeschickt wird, finden die in Belgrad bestimmt nicht sehr lustig.« Ein plötzlicher Gedanke erschreckte ihn. »Du bist dir sicher, dass sie ihn nicht doch zu den Bären gebracht haben?«

Tonja ergriff seine rechte Hand. »Ganz sicher. Die Zwillinge wollten wohl eine Art Trophäe.« Sie nahm einen Schluck *gemišt*. »Das mit dem Ausziehen ist etwas blöd gelaufen. Die Serben sind stolze Leute. Andererseits ist das auch eine Botschaft. Vielleicht hat sich der Nemanić gar nicht bei denen gemeldet, weil er sich schämt. Nicht wegen des Übergriffs, sondern wegen der Art des Abgangs.«

Hans wiegte den Kopf. »Mir wäre wohler, wenn man das diplomatisch regeln könnte.«

Tonja nickte. »Drago hat schon seine Fühler Richtung Belgrad ausgestreckt, er will ertasten, wie dort die Befindlichkeiten sind. Ist aber nicht so einfach, mit denen in Kontakt zu treten, die haben keine Website, über die man sie anmailen kann.«

Hans bohrte weiter. »Wenn das alles nichts bringt?«

Tonja reckte ihr Kinn vor. »Dann sollen sie doch kommen. Drago wird ihnen detailliert schildern, was sie in Guguljak erwartet.«

Zum Beispiel der frisch gegründete Werkschutz der *Tvornica Kotlova.* Zwilling Slavko würde fest in Guguljak stationiert bleiben, im Notfall unterstützt von der kompletten Belegschaft, letztlich vom ganzen Dorf. Unter der fröhlichen Oberfläche im »Fässchen« spürte Hans die verhaltene Spannung. Automann Mirko saß zwei Tische weiter und diskutierte mit einer gewissen Begeisterung den Plan, Traktoren an den Seiten mit Panzerplatten zu versehen. Weitere Gesprächsfetzen wehten herüber zu Hans, in denen es um Sprengfallen für die Serpentinen hoch nach Guguljak ging, um die Aufstellung einer Frauenkompanie und um die Installierung einer Befehlszentrale im Obergeschoss des »Fässchens«. Sogar die Mumien hatten ihren Platz vor dem Lokal verlassen und gaben an der Theke nützliche Tipps aus der Partisanenzeit.

Hans wurde schummrig. Er machte sich lieber über das Lamm her und ließ die letzten Tage Revue passieren.

Es war, wie immer, wenn Tonja in Aktion trat, sehr schnell gegangen. Für die Villa hatte sie einen Nachmieter besorgt, einen Brexit-müden Investmentbanker aus London. Vorgestern waren die Möbelwagen in Opatija samt ihrer kompletten Habe Richtung Frankfurt gestartet, um dort ein Lagerhaus anzusteuern.

Sie selbst waren gestern Abend in den Toyota Richtung Guguljak gestiegen. Auf der Anhöhe über Rijeka hatte Hans noch einmal angehalten. Ein letzter Blick auf das schimmernde Meer im Sonnenglast, auf Opatija, wie es sich in die Bucht hineinschmiegte.

»Wir kommen sicher wieder, zu einem Besuch. Wenn

sich alles beruhigt hat«, hatte Tonja getröstet, als er vom Parkplatz aus stumm Abschied nahm.

Jetzt wollte er ein paar Tage in Guguljak entspannen, mit Vater Tihomir im Gras vor der Schachtel plaudern, durch die Wiesenmeere wandern, sich innerlich auf die Rückkehr nach Deutschland vorbereiten.

Tonja riss ihn aus seinen Gedanken. »Hast du schon alles gepackt?«, fragte sie.

»Ich habe gerade erst ausgepackt.«

»Aber Bäumler, wir fahren bereits morgen nach Frankfurt. Übermorgen haben wir den Besichtigungstermin für eine Wohnung im Nordend. Sah toll aus im Internet.«

Er grummelte: »Es wäre schön, wenn ich etwas früher einbezogen würde.«

Sie strahlte ihn an. »Schatz, mach einfach das, was ich vorschlage. Dann geht es uns beiden gut.«

Dazu hätte Hans zwar einige Anmerkungen gehabt, doch er ließ es gut sein. Außerdem musste er auf die Toilette. Er kämpfte sich durch das Gewühl im Lokal. Neben dem Waschbecken im WC lag eine zerknüllte Ausgabe der *Večernji List*, der Zeitung aus Zagreb. Er glättete das Papier und überflog die Schlagzeilen, bis er zur Rubrik »Vermischtes« kam. Ein Foto stach ihm ins Auge, es zeigte einen dunklen, verregneten Platz vor einem Nachtclub in Belgrad. Mit seinem Rumpfkroatisch entschlüsselte er den Bildtext. Bei einem Machtkampf in der Belgrader Unterwelt hatte es einen Gewinner gegeben, die *Naša Stvar*. Davon zeugten drei Leichen auf dem Asphalt vor dem Nachtclub.

52. Kapitel

Frankfurt am Main

»Was steckt in einem deutschen Haushalt normalerweise im Schirmständer?«

»Ein Schirm«, sagte Tonja verdrossen.

»Bei uns ist es eine Schrotflinte mit abgesägtem Lauf.«

Hans war gerade nach Hause gekommen, stand im Flur und hielt ihr demonstrativ das gute Stück vor die zarte Nase. Er ließ es missmutig wieder in den Schirmständer plumpsen. »Ich kann so auf Dauer nicht leben.«

Hans ging ins Wohnzimmer und warf einen Blick aus dem Fenster. Auf der Straße unten lungerte eine schräge Gestalt herum, rauchend, aber den Eingang zu ihrem Haus fest im Visier. Zwilling Branko hatte ihn im Bahnhofsviertel vom Tresen einer Kroatenkneipe wegrekrutiert, dazu ein paar weitere Exemplare. Einer davon begleitete Hans bei seinen Gängen durch Frankfurt. Vor seinem neuen Geschäft in der Altstadt stand noch einer, ein schon etwas angejahrter Krieger mit schütterem Haar, Bauchansatz und einer schlecht sitzenden Uniform. Tonja hatte entschuldigend gemeint: »Das Beste, was wir kriegen konnten. Für Topleute reicht unser Geld nicht.«

Wenigstens hatten sie Branko, der im Gästezimmer schlief, falls er überhaupt einmal schlief. Er ließ Tonja kaum eine Minute aus den Augen, war wie verschweißt mit ihr. Tapfer unterdrückte er sein Heimweh.

»Gibt es etwas Neues?«, fragte Hans.

»In Guguljak ist es ruhig, auf den Serpentinen wurden bislang keine Serben gesichtet. Die sind fast enttäuscht in meinem Dorf.«

Hans kratzte sich am Kopf. »Das weiche Ziel sind wir, hier in Frankfurt.«

Tonja versuchte ihn zu beruhigen. »Drago hat einen alten Kumpel in Zagreb in Marsch gesetzt, einen Privatdetektiv, der jetzt nach Nemanić sucht. Wir müssen einfach abwarten und die Nerven behalten.«

»Ich bin für so etwas nicht gebaut«, meinte Hans. Er schlief seit ihrer Rückkehr schlecht, bei jeder Fehlzündung eines Autos auf der Straße kriegte er Herzrasen, in den Straßenschluchten Frankfurts witterte er an jeder Ecke einen Hinterhalt. Und dennoch gingen ihm seine Bodyguards auf die Nerven. Unfassbar, dass andere das als Statussymbol schätzten.

Hans schaltete den Fernsehapparat ein. Er sah gar nicht auf die bewegten Bilder, stellte den Ton leise, wollte sich nur ablenken. Seit zwei Wochen waren sie wieder in Frankfurt, hatten es gut getroffen mit der neuen Wohnung im Nordend. 140 ordentliche Quadratmeter in einem noblen Jugendstilhaus, direkt am Holzhausenpark, einem grünen Fluchtpunkt mitten in der Stadt. Ein friedliches Plätzchen, wo die Leute im sommerlichen Gras picknickten, wo die Frauen aus dem

Viertel gerne mit ihren Kinderwagen unterwegs waren, wo man eigentlich herrlich joggen konnte. Eigentlich, denn Hans wagte sich ungern ins Freie.

Die Angst fraß sich wie Säure in seinen Alltag.

53. Kapitel

Frankfurt am Main

Hans hockte auf einer Parkbank in der Taunusanlage, dem grünen Herzen des Frankfurter Bankenviertels, und blickte über den abendlich tosenden Verkehrsstrom hinüber zum Hochhaus der Concom-Bank mit ihrem marmornen Eingang. Der Klotz blickte stumm zurück. Sein kroatischer Schatten stand zehn Meter weiter unter einem Baum, seine Zigarette glühte in der Dunkelheit, während er die Umgebung taxierte. Es war vorhin nach Geschäftsschluss gewesen, als Hans spontan die Idee gekommen war, auf dem Heimweg an seiner Concom vorbeizugehen. Es waren noch viele

Leute unterwegs, hier würde ihm die *Naša Stvar* wohl nicht auflauern.

Er ließ seinen Blick die 25 grauen Geschosse hinauf und hinunter wandern. In den unteren Stockwerken, wo die tariflich Bezahlten wirkten, war es schon dunkel in den Fenstern, in den Etagen ganz oben brannte noch Licht. Was da wohl hinter deiner Fassade vor sich geht, du kalter, grauer Klotz, fragte Hans. Welches Geheimnis bewahrst du? Was war das für ein Spielchen mit deinem Kunden Hans Bäumler? Ich bin dir ja nicht böse, ganz im Gegenteil. Aber ich hätte gerne gewusst, warum. Hans schickte seine Fragen hinüber, doch der graue Klotz antwortete nicht.

Nach einer Weile erhob sich Hans von der Parkbank und setzte sich nebst Schatten wieder in Bewegung. Auch gut, seufzte Hans, dann kommt das Ganze eben in die Abteilung »ungelöste Welträtsel«. Ich habe genug andere Sorgen.

Er war müde und ohne Aussicht auf Erlösung, als er von der Hauptwache aus durch den Oeder Weg Richtung Holzhausenpark stapfte. Ihm graute vor einer weiteren schlaflosen Nacht. Er saß noch immer in dem wackligen Faltboot, stets darauf bedacht, die nächste Stromschnelle zu überleben.

Als Hans die Wohnung betrat, herrschte eine merkwürdige Stille. Die Flinte im Schirmständer fehlte. Hans rief nach Tonja, keine Antwort. Er schaute in die Küche, nichts. Er klopfte an Brankos Zimmertür, nichts. Auch im Bad Fehlanzeige. Er hastete ins Wohnzimmer. Es war leer, nur der stumme Fernseher glotzte ihn an. Übelkeit stieg in ihm auf, vorsichtig näherte er sich dem Schlafzimmer. Er blieb einen Moment stehen, dann fasste er sich ein Herz und öffnete die Tür mit einem Ruck.

Tonja lag im Himmelbett, ihr einziges Bekleidungsstück war die Halskette von Lacloche, die ihr Hans in Opatija zum Abschied von der Villa geschenkt hatte. Auf dem weißen Oberbett waren kunstvoll rote Rosenblätter verstreut, auf dem Nachttisch neben ihr standen ein Eiskübel mit einer Flasche Taittinger und zwei Gläser. Ihre Augen glitzerten, sie lockte ihn mit einem Zeigefinger zu sich.

Hans trat verblüfft näher. »Was ist los, wo ist Branko?«

Sie strahlte. »Branko sitzt im Flieger nach Zagreb. Wir brauchen ihn hier nicht mehr. Und nun komm endlich zu mir ins Bett.«

54. Kapitel

Frankfurt am Main

Die Champagnerflasche war geleert, auch das Begleitprogramm absolviert. Gesättigt und schlafschwer lag Tonja in Hans' Armbeuge. Er streichelte sie, gleich würde sie schnurren.

Hans memorierte derweil noch einmal genussvoll Wort für Wort, was sie ihm zuvor erzählt hatte.

»Heute Nachmittag hat sich Drago gemeldet.«

»Wegen der *Naša Stvar*?«

»Nein, wegen Nemanić.« Sie hatte sich im Bett aufgerichtet. »Drago hat es keine Ruhe gelassen, irgendetwas an der ganzen Sache hat ihn schon länger gestört. Da hat er den alten Kumpel losgeschickt, du weißt schon.«

»Und?«

»Der Kumpel hat ihn gefunden. In einem Wohnsilo in Novi Zagreb, in einem Loch mit Kochnische.«

»Warum haust der feine Pinkel in so einer Bude?«, hatte Hans gerätselt.

»Dazu hat ihn Dragos Kumpel intensiv befragt.«

Wie intensiv, wollte Hans auch jetzt noch lieber nicht wissen.

Tonja hatte die Champagnerflasche geschwenkt und war in schallendes Gelächter ausgebrochen. »Nemanić ist ein armer Teufel, dem ist seit dem Rauswurf aus der Bank nichts mehr gelungen. Vor dem haben nicht mal die Jugendgangs in Novi Zagreb Respekt. Und die Mafia kennt er nur aus der Zeitung.«

Hans hatte einen Moment gebraucht, um zu begreifen. »Sein Auftritt in der Villa war aber sehr überzeugend.«

Sie hatte den Kopf über sich selbst geschüttelt. »Wir haben uns die ganzen Wochen vor einem Kleinkünstler geängstigt. Das alles kann man sich aus jedem Hollywoodfilm abgucken. Er hat uns zwar über die vielen Monate genau beobachtet, aber getraut hat er sich erst, als die Verzweiflung zu groß wurde.«

Hans hatte gefühlt, wie seine Lebenskraft schubweise in ihn zurückkehrte. Er hätte fast Mitleid für Nemanić empfunden, wäre da nicht die Sache mit Tonja gewesen. »Und, hat er außerdem was gesagt?«

»Er hätte gern sein Jackett, das Polohemd und die Schuhe wieder. Ist wohl das Einzige, das noch was hermacht bei ihm.«

Während Hans seinen Gedanken nachhing, war Tonja neben ihm wohlig eingeschlafen. Hans streckte sich längelang im Bett aus. Er tat einen tiefen Atemzug. Endlich konnte er wieder durchatmen. Ein weiteres Kapitel Lebensreise hinter mich gebracht, dachte Hans, bevor auch er wegdämmerte. Er schlief lange und traumlos.

55. Kapitel

Frankfurt am Main

Hans blätterte in seinem blauen *pasoš*. Er hatte noch immer die schwarzen Haare von Goran Kralj, das mochte Tonja. Auch die Schildpattbrille trug er weiterhin, das kam bei den Kunden gut an. Dafür machte der sonstige Rückbau im Gesicht Fortschritte, nach und nach verflüchtigte sich das Hyaluron. Hans wog den Pass in der Hand, dann steckte er ihn kurz entschlossen in die unterste Schublade seines Biedermeier-Sekretärs im Hinterzimmer seines neuen Geschäfts. Wer weiß, ob er das garantiert echte falsche Stück nicht noch einmal brauchen würde. Kurz dachte er an die Schrotflinte aus dem Schirmständer. Tonja hatte sie zerlegt, gereinigt und wieder zusammengebaut, anschließend liebevoll eingeölt, in ein Tuch gewickelt und unter dem Himmelbett geparkt mit der Bemerkung: »Man kann nie wissen.«

Hans verließ das Hinterzimmer seines Ladens in der Altstadt und betrat den Verkaufsraum mit den Schauvitrinen und dem Tisch, auf dem er seine Schätze auszubreiten pflegte. Er residierte in der Gasse »Hinter dem Lämmchen«, die Miete war hoch, die Lage erstklassig. Ein wirkliches Glück, dass er die Räumlichkeiten so rasch gefunden hatte. Eine Gasse weiter verlief der historische Krönungsweg zwischen Kaiserdom und Römerberg, der »guten Stube« des schon lange verblichenen Heiligen Römischen Reiches Deutscher Nation. Hier bin ich richtig, dachte er wieder einmal. Das Geschäft war klein und teuer, er führte alten Schmuck, von der Belle Époque bis zu Art déco, dazu besorgte er den Kunden auf Wunsch exquisite Kleinmöbel. Ein gutes Konzept, mit dem er der Internetkonkurrenz erfolgreich trotzte, wie Hans bereits wenige Wochen nach Eröffnung bemerkt hatte. Viele Stammkunden waren begeistert, auch von seiner zweijährigen »kreativen Auszeit«, die er ebenso farbig wie nebulös zu schildern wusste.

Heute war wenig los, kaum Touristen zu sehen, nur ein paar Chinesen schoben sich und ihre filmenden Tablets aufgeregt plappernd durch die Gasse. Die Augusthitze hatte Frankfurt fest im Griff. Jetzt würde er gerne die Wendeltreppe zum Meer hinabsteigen und ein erfrischendes Bad nehmen. Schade um die Villa Tonja, aber man konnte nicht alles haben.

Hans trat vor die Tür auf die Gasse hinaus. Die »neue« Frankfurter Altstadt war seit Längerem fertiggestellt, sie lebte, die Leute liebten sie und er war mittendrin. Ein prächtiges Ensemble. Hans schaute auf seine dezente Gruen Curvex, es war 14 Uhr. Tonja war in der Stadt unterwegs, einen neuen Schuhsalon ausprobieren.

Sie wollten sich am frühen Abend treffen. Tonja pendelte zwischen Guguljak und Frankfurt, das hatte sich gut eingespielt. Die *Tvornica Kotlova* gedieh nur schleppend, seine Restmillionen würden wohl für immer dort bleiben wie fest eingebacken. Kein Wunder, dachte Hans, bei den hohen Personalkosten. Lassen wir los, Hauptsache, den *guguljci* geht es gut und das Unternehmen schreibt eine schwarze Null. Drago sorgte zuverlässig für ein paar Kunden. Wie hieß der Dottore jetzt? Hans vergaß den Namen immer wieder.

Er blickte die Gasse hinauf und hinunter. Da sah er die massige Gestalt, unverwechselbar dank der Glatze und dem weißen Haarkranz. Anwalt Dr. Zimmerli war im Anrollen. Er kam bisweilen auf einen Plausch vorbei, und ab und an ließ er sich zu einem Kauf animieren.

»Ich grüße Sie«, sagte Hans und geleitete Dr. Zimmerli in den Laden.

Der Anwalt meinte: »Ich suche etwas herrlich Altmodisches – eine Krawattennadel. Führen Sie so etwas?«

Hans zeigte auf eine Schauvitrine. »*Nema problema*.«

Dr. Zimmerli fand schnell das Passende und ließ sich in der kleinen Sitzgruppe neben den Vitrinen auf einen Espresso nieder. »Haben Sie das Neueste über die Concom gelesen?«

Hans verneinte.

Dr. Zimmerli fuhr fort: »Die haben einen neuen Vorstandsvorsitzenden, Johannes Gutjahr. Und einen neuen Vize namens Hillebrandt. Im Bankenviertel munkelt man, es habe einen regelrechten Putsch gegeben. Den bisherigen Vorstandsvorsitzenden haben sie nach Dublin entsorgt, zu einer Tochtergesellschaft. Alles sehr rätselhaft.«

Hans schüttelte den Kopf. »Die Namen sagen mir nichts. Ich habe es aufgegeben, alle Vorkommnisse in meinem Leben begreifen zu wollen.«

»Sind Sie noch Kunde der Concom?«

Hans schreckte hoch. »Gott bewahre. Ich bin jetzt bei der Stadtsparkasse. Die Concom ist mir irgendwie unheimlich.«

Dr. Zimmerli lachte und verabschiedete sich nach einer Weile. »Weiter so, Hans im Glück.«

Am frühen Abend schloss Hans den Laden und ging nach Hause. Tonja hatte doch keine Schuhe gekauft, dafür eine neue Handtasche, die er pflichtschuldigst bewunderte. Auf dem kleinen Balkon ihrer Wohnung servierte sie ein leichtes Abendessen mit istrischem Weißwein. »Hans im Glück«, das ging ihm nicht aus dem Kopf.

Nach dem Essen holte er ein Blatt Papier und einen Bleistift. Tonja schaute interessiert und ein wenig spöttisch zu, wie er in groben Strichen skizzierte, was ihm von den 200 Millionen geblieben war. Es ging gegen null.

Hans zog einen dicken Strich unter die Zahlenkolonne. »Erst war das Geld bei mir, dann bei Drago, dann bei dir in diversen Briefkästen und Heizkesseln. Schließlich tauchten schwarze Schwäne auf und plötzlich war das Geld wieder weg.«

Tonja trat von hinten an ihn heran und umarmte ihn. Er sog den Pfirsichduft ihrer Haut ein. Sie flüsterte: »Das ist das Wesen des Geldes – es muss wandern. Dafür hast du etwas viel Wertvolleres gewonnen.«

»Was denn?«

»Mich.«

Nachbemerkung

Handlung und Personen dieses Romans sind fiktiv. Fehlüberweisungen von Banken bis hin in den dreistelligen Millionenbereich kommen allerdings immer wieder auch in der Realität vor. Real ist auch die Entscheidung des Bundesgerichtshofs aus dem Jahr 2000 (AZ 5 StR 433/00). Der BGH stellte fest: »Nimmt ein Kontoinhaber Überweisungen aus einem Guthaben vor, das seinem Konto aufgrund einer von ihm erkannten bankinternen Fehlbuchung irrtümlicherweise gutgeschrieben wurde, macht er sich damit nicht ohne weiteres des Betruges durch Handeln oder Unterlassen strafbar.«

Weitere Titel finden Sie auf den folgenden Seiten und im Internet:

WWW.GMEINER-VERLAG.DE